CORNELIUS HARTZ

DER GUTE HIRTE

EIN FALL FÜR TAIFUN ÇOBAN

ULLSTEIN

Besuchen Sie uns im Internet:
www.ullstein.de

Wir verpflichten uns zu Nachhaltigkeit
- Klimaneutrales Produkt
- Papiere aus nachhaltiger Waldwirtschaft und anderen kontrollierten Quellen
- ullstein.de/nachhaltigkeit

Originalausgabe im Ullstein Taschenbuch
1. Auflage August 2022
© Ullstein Buchverlage GmbH, Berlin 2022
Umschlaggestaltung: zero-media.net, München
Titelabbildung: © FinePic®, München
Satz: Pinkuin Satz und Datentechnik, Berlin
Gesetzt aus der Sabon Next
Druck und Bindearbeiten: CPI books GmbH, Leck
ISBN 978-3-548-06629-5

Für Catrin

Der Anfang

1980

»Wenn du bei uns mitmachen willst, musst du was dafür tun.« Kralle schaute den Neuen finster an.

»Was denn?« Der Neue starrte zurück, Kralle direkt in die Augen. Er wandte den Blick nicht ab, er blinzelte nicht einmal.

Charly, Piepe und Hacki hatten sich neben Kralle vor dem Neuen aufgestellt.

»Er kann da hinten von der Kante springen«, schlug Hacki vor und wies auf die andere Seite der Kiesgrube.

»Quatsch, das bringt doch nix«, sagte Charly. »Dann bricht der sich noch was, und nachher verpetzt er uns.«

Kralle holte eine zerbeulte Schachtel *Ernte 23* aus der Tasche seiner Jeansshorts. Vier Zigaretten waren noch drin. Er nahm eine heraus, zog die leicht zerknickte Zigarette zwischen Daumen und Zeigefinger glatt und steckte sie sich zwischen die Lippen. »Feuer«, sagte er und sah den Neuen an.

»Bin ich dein Sklave, oder was?« Der Neue verschränkte die Arme. »Wenn du rauchen willst, bring dein eigenes Feuerzeug mit.«

Kralle ließ die Hand sinken.

Die drei anderen Jungen hielten gespannt den Atem an.

Dann grinste Kralle. »Nicht schlecht. Den Test hast du schon mal bestanden.«

Die anderen drei nickten zustimmend, als hätten sie von Kralle keine andere Reaktion erwartet.

Kralle griff sich wieder in die Hosentasche, förderte ein rotes BIC-Feuerzeug zutage und wollte sich die Zigarette anzünden, doch es kam keine Flamme, sosehr er auch das Rädchen drehte.

»Hier.« Charly reichte ihm eine Streichholzschachtel.

Kralle nickte, zündete sich die Zigarette an und warf Charly die Schachtel zurück.

»Trotzdem«, maulte Hacki, »irgendwas muss er machen.«

»Stimmt.« Kralle nickte. »Sag mal, hat dir schon einer was von dem Einäugigen erzählt?«

Der Neue schüttelte den Kopf.

»Das ist so ein verrückter Typ«, sagte Kralle, »der malt ganz wilde Bilder. Wohnt am anderen Ende der Dorfstraße, das letzte Haus vorm Wald. Vor dem haben alle Kinder Angst, und die Leute erzählen, dass er sich vor der Polizei versteckt. Angeblich, weil er jemanden totgeschlagen hat. Den, der ihm vorher das Auge ausgestochen hat.«

»Der hat nämlich nur ein Auge«, warf Piepe ein.

»Wie auch immer«, sagte Kralle, »ich weiß eine schöne Aufgabe. Ist nicht ganz einfach, aber wir lassen ja auch nicht jeden in die Clique.«

Sie hatten sich an der Ecke verabredet, wo der Weg in den Wald führte. Von hier aus sah man das Haus des Einäugigen gerade noch durch die Tannen schimmern.

Die anderen waren schon da. Kralle musterte den Neuen. Er schaute vollkommen gleichgültig drein. Kralle staunte. Er selbst hätte beim Einäugigen nicht einsteigen wollen.

»Wir müssen noch auslosen, wer klingelt.«

»Ich hab Hölzer.« Charly holte seine Streichhölzer hervor, nahm drei Stück, brach einem den Kopf ab und steckte sie verkehrt herum zwischen Daumen und Zeigefinger.

Piepe zog den Kürzeren. »Na super. Und was sag ich?«

Kralle zuckte die Schultern. »Keine Ahnung. Lass dir was einfallen.«

»Du musst ihn ja nicht lange ablenken«, sagte Hacki. »Nur bis der Neue rein ist und mit dem Bild wieder raus.«

»Und was, wenn die Terrassentür nicht auf ist?«, fragte Piepe.

»Wieso soll die denn nicht auf sein«, sagte Kralle, »wer schließt denn seine Terrassentür ab, wenn er zu Hause ist. Also, was ist? Legen wir los? Ey, Piepe, was fummelst du da schon wieder an deiner Scheißkamera rum?«

»Komm, nur ein Foto, bevor es losgeht. Das erste von der neuen Fünferbande.« Piepe platzierte die Kamera auf einem Baumstumpf, ging in die Hocke, sah durch den Sucher, rückte sie ein wenig zurecht. Dann drückte er auf einen Knopf und lief zu den anderen zurück. »Selbstauslöser«, erklärte er stolz.

Klick!

»Von wegen Fünferbande«, sagte Kralle und schnaubte. »Erst mal muss der Neue zeigen, dass er was draufhat.«

»Ist er so weit? Siehst du ihn?«, fragte Piepe. »Wird langsam echt dunkel.«

»Mach dir nicht ins Hemd«, sagte Kralle.

»Auf jeden Fall ist er an der Ecke bei der Terrassentür«, sagte Charly.

»Das sehe ich selber. Aber macht er das Zeichen?«

Kralle schaute durch sein Fernglas. Sie hatten verabredet, dass der Neue ihnen mit gestrecktem Daumen signalisierte, wenn er bereit war und Piepe an der Haustür klingeln sollte.

In diesem Moment ging in der Küche des Hauses das Licht an.

»Los«, zischte Kralle, und Piepe lief zu seinem Fahrrad und fuhr zum Haus. Kralle beobachtete ihn durchs Fernglas.

»Wir hätten Walkie-Talkies mitnehmen sollen«, sagte Hacki.

»Hast du welche?«, fragte Kralle, ohne das Fernglas abzusetzen.

»Nee.«

»Dann halt's Maul.« Kralle beobachtete, wie Piepe das Fahrrad abstellte und zum Haus ging. Von hier aus sah er das Gebäude schräg von der Seite, die Front mit der Haustür lag außerhalb seines Blickfelds.

Er schwenkte das Fernglas herum. Der Neue schien das Klingeln gehört zu haben.

*

Nachdem es geklingelt hatte, waren im Haus zum ersten Mal Geräusche zu hören. Eine Tür wurde geöffnet, schwere, schlurfende Schritte, die sich von ihm wegbewegten.

Jetzt oder nie.

In seinem Hals pochte es.

Er hatte gedacht, der Spalt der Terrassentür müsste breit genug sein, dass er hindurchpasste, aber er blieb stecken und musste die Tür ein Stück weiter aufschieben.

Hinten im Flur waren Stimmen zu hören. Piepe und der Einäugige. Was sie sagten, verstand er nicht, es rauschte plötzlich in seinen Ohren.

Es stank nach Zigarettenrauch und etwas anderem, das er nicht zuordnen konnte. Süßlich, eklig, stechend.

Tatsache, da stand eine Staffelei im Raum und darauf ein Bild. Aber das war mindestens einen Meter hoch. Damit hatte er nicht gerechnet. Da musste er schauen, wie er durch die Terrassentür kam. Warum hatte er die bloß nicht weiter aufgemacht?

Was sollte das auf dem Bild überhaupt darstellen? Er erkannte nichts, nur wilde Farbspritzer und Kleckse. Egal, es musste schnell gehen. Auf dem Boden standen leere Bierflaschen herum, das war ja wie ein Hindernislauf. Drei große Schritte, dann war er bei der Staffelei. Das Rauschen in seinen Ohren wurde stärker. Er konnte nur hoffen, dass Piepe sich etwas ausgedacht hatte, womit er den Mann eine Weile hinhalten konnte.

Das Bild war nicht nur größer, sondern auch schwerer, als er gedacht hatte. Er musste es mit beiden Händen nehmen. Und jetzt schnell zur Terrassentür. Das war wirklich schwer, wie sollte er damit …?

»Hey!«

*

»Piepe ist schon wieder auf der Straße«, berichtete Kralle. »Verdammt, wo bleibt der Neue denn mit dem Bild?«

»Lass mal sehen«, sagte Charly.

»Du siehst auch nicht mehr als ich«, erwiderte Kralle. »Wenn es bloß nicht so dunkel wär in der Bude. Man erkennt echt nichts!«

»Vielleicht sollten wir mal gucken gehen?«, schlug Hacki vor.

»Noch nicht«, sagte Kralle. »Wir warten noch.«

Piepe kam auf seinem Fahrrad angefahren. Er stellte es am Rand des Waldwegs ab und ging zu den anderen. Er atmete schwer. »Und?«

»Nix *und*«, schnauzte Kralle ihn an. »Der ist immer noch da drinnen.«

»Was? Wieso denn?«

»Keine Ahnung.«

»Allzu lange hingehalten hast du den Einäugigen an der Tür ja nicht«, meinte Charly. »Was hast du denn gesagt?«

»Dass mein Ball in seinen Garten geflogen ist und ob ich den holen darf.«

»Und dann?«

»Dann hat er gesagt, ich soll mich zum Teufel scheren, und ich hab noch mal gesagt, das geht ganz schnell, aber der Typ hat mir die Tür vor der Nase zugeknallt, und das war's.«

»Was für ein Spacken«, sagte Hacki. »Ey, Kralle, was ist denn jetzt?«

»Nix. Geht mir nicht auf den Sack.« Er hielt das Fernglas auf die Terrassentür gerichtet, aber immer noch tat sich nichts. Ob sich der Neue verstecken musste, weil der Einäugige ins Zimmer gekommen war?

»Mensch, Kralle«, sagte Hacki plötzlich und stieß ihn in die Seite. »Guck mal an der Haustür.«

Er schwenkte das Fernglas herum. Tatsächlich. Der Einäugige verließ das Haus und ging die Straße hinunter. »Der Typ geht in Richtung Dorf«, teilte er den anderen mit. Schon sah er ihn nicht mehr.

»Na, Gott sei Dank«, sagte Piepe erleichtert. »Dann wird der Neue ja gleich mit dem Bild auftauchen.«

Aber das tat er nicht.

*

Er hatte noch nie so einen Schreck bekommen, in seinem ganzen Leben nicht. Aber in die Hose gemacht hatte er sich nicht. Er tastete seine Shorts ab, alles war trocken. Trotzdem musste er auf einmal.

Es war stockdunkel auf der Kellertreppe. Sein Arm tat weh, dort, wo der Mann ihn gepackt hatte. Er hatte weglaufen wollen, das doofe Bild fallen lassen und einfach durch die Terrassentür, aber seine Beine hatten ihm nicht gehorcht. Und einen winzigen Moment lang hatte er gedacht, er könnte dem Mann ja alles erklären, es war doch nur eine Mutprobe.

Aber der Mann hatte ihn bloß gepackt und zu der Tür gezerrt, sie hinter ihm zugeknallt und abgeschlossen und die ganze Zeit kein Wort gesagt.

Er suchte nach einem Lichtschalter, aber da war keiner.

Vielleicht unten an der Treppe. Tränen liefen ihm über das Gesicht.

Vorsichtig ging er die Treppe hinunter, tastete mit dem Fuß nach jeder neuen Stufe. Als er unten angekommen war, suchte er wieder die Wände ab, und diesmal fand er einen Schalter.

Eine Neonröhre flackerte ein paar Sekunden, dann erleuchtete sie den Raum. Zwei Türen führten offenbar zu weiteren Räumen, und durch ein schmales Fenster fiel ein kleiner Rest Tageslicht herein. Das Fenster war mit einem engmaschigen Metallgitter versehen, aber es war ohnehin zu klein, als dass er hindurchgepasst hätte.

Er fragte sich, was der Mann mit ihm vorhatte. Ob er ihm vielleicht nur einen Schrecken einjagen wollte. Er hatte nur kurz das Gesicht des Mannes gesehen. Eine Augenhöhle war eben das: eine Höhle. Wo das Auge sein müsste, war nur eine Kuhle aus glattem rosa Fleisch. Zum Fürchten.

Ob die Clique das Ganze genau so geplant hatte? Vielleicht steckten sie ja mit dem Einäugigen unter einer Decke. Das wäre eine ganz schön ausgeklügelte Mutprobe, fand er. Aber irgendwie traute er Kralle das nicht zu. Der war ein cooler Typ und fast zwei Jahre älter als er und die anderen, aber vielleicht nicht ganz der Hellste.

Ein Geräusch, ein leises Scharren. Das kam aus einem der zwei Räume.

Ob es hier Ratten gab? Bestimmt. Kalt lief es ihm den Rücken hinunter. Er wollte raus hier, nur raus!

*

»Was machen wir denn jetzt?«, fragte Hacki.

Kralle zuckte die Achseln. »Wir gehen hin und gucken nach.«

»Im Haus?« Charly schaute ihn entgeistert an. »Nicht dein Ernst.«

»Pfff«, machte Piepe. »Der Typ ist doch weggegangen.«

»Und wenn er wiederkommt?«

»Deshalb sollten wir keine Zeit verlieren«, meinte Piepe. Er war bereits aufgestanden.

Sie gingen zu ihren Fahrrädern, stiegen auf und radelten zum Haus.

»Die Haustür steht ja offen«, sagte Charly.

»Umso besser«, knurrte Kralle. »Charly, Hacki, wir gehen vorne rein, Piepe über die Terrasse.«

Es roch furchtbar in dem Haus. Ganz ähnlich wie bei Kralles Opa, als der noch gelebt hatte.

»Hallo? Ey, wo steckst du denn?«, rief Hacki.

Plötzlich wummerte es dumpf.

»Das kommt von da«, sagte Piepe und wies in Richtung Flur.

Sekunden später standen sie vor einer grauen Metalltür.

»Hier bin ich«, hörten sie die Stimme des Neuen. »Macht auf!«

»Na toll«, sagte Kralle. »Hast du dich erwischen lassen?«

»Holt mich raus«, wimmerte es.

»Hier steckt aber kein Schlüssel«, sagte Kralle.

Hinter der Tür war ein seltsamer Grunzlaut zu hören.

»Und jetzt?«, fragte Piepe.

»Den Schlüssel hat der bestimmt eingesteckt«, sagte Kralle. »Ich geh in die Küche und guck, ob ich was finde, womit ich die Tür aufbekomme. Hör auf zu heulen.«

»Ich heul doch gar nicht«, schluchzte der Junge hinter dem Metall.

*

Da war es wieder, ein Kratzen. Und war das eine Stimme? Hatte jemand etwas gesagt? Ach Quatsch, das war nur das Rauschen in seinen Ohren. Er hämmerte gegen die Tür. »Bitte! Macht schnell!«

Er presste sein Ohr gegen die Tür zum Flur. Dahinter waren die Stimmen der anderen zu hören.

»Kralle holt Werkzeug«, hörte er Hackis Stimme. »Moment noch.«

Viel länger konnte er nicht mehr einhalten.

Er nahm allen Mut zusammen und ging die Treppe hinab. Ganz leise, Stufe für Stufe. Als wäre da etwas, das er nicht aufwecken wollte.

Neben dem Waschbecken hing ein fleckiges Handtuch. Er öffnete den Reißverschluss und pinkelte, versuchte, den Strahl so zu halten, dass es kein Geräusch machte.

Als er fast fertig war, hörte er von oben Stimmen. Ein hoher, kurzer Schrei, dann ein dröhnender Bass. Dann ein Poltern, und plötzlich war alles wieder still.

*

Kralle ließ den Hammer sinken. »Scheiße.«

Die anderen starrten ihn an. Keiner sagte ein Wort.

Angst und Ekel sah er in ihren Blicken. »Was sollte ich denn tun? Der hätte uns alle fertiggemacht.«

»Das weißt du doch gar nicht«, sagte Charly leise.

»Los, hauen wir ab«, sagte Hacki.

»Erst müssen wir den Neuen befreien. Piepe, guck mal, ob der Typ den Schlüssel in der Tasche hat.«

Aber Piepe rührte sich nicht, sondern starrte nur vor sich hin, als wäre er plötzlich gelähmt, taub und stumm.

Kralle kniete sich hin und griff dem Mann in die Hosentaschen. Da war ein Schlüssel, und er passte tatsächlich ins Schloss der Kellertür.

*

»Hallo?«

Das war jetzt nicht von oben gekommen, sondern von hinter ihm. Eine helle, dünne Stimme. Aus dem Raum mit den Ratten. Er hatte es deutlich gehört. Was war das bloß? Auf jeden Fall keine Ratte. Sein Herz klopfte, als würde es gleich platzen. Mit einem Mal war in seinen Ohren wieder nur Rauschen. Dennoch hörte er, wie oben die Kellertür geöffnet wurde, und er lief sofort die Treppe hoch.

Oben im Flur lag der Einäugige. Er lag auf dem Bauch, und um seinen Kopf herum färbte Blut den grauen Teppichboden dunkelrot.

*

Keine drei Sekunden nachdem Kralle die Tür geöffnet hatte, stand der Neue bei ihnen im Flur und starrte, wie die anderen vier jetzt auch, auf den Einäugigen.

»Ist der tot? Scheiße, der ist tot, oder?«, sagte Piepe.

»Was denkst du denn«, schnauzte Kralle ihn an.

Piepe drehte sich um. Er ging zwei Schritte in Richtung Haustür, dann sank er auf die Knie und erbrach sich. Mitten auf den Teppichboden.

»Wir müssen hier weg«, sagte Hacki. »Meinst du, uns hat einer gesehen?«

»Weiß nicht«, sagte Kralle. »Glaube ich nicht. Das nächste Haus ist ja ein Stück weg. Gesehen hab ich auf jeden Fall niemanden.«

»Dann lass uns doch abhauen.«

»Und die ganzen Spuren hier?« Kralle zeigte vage auf den Mann und auf die Kellertür. »Hier sind überall unsere Fingerabdrücke und Fußabdrücke und was weiß ich. Und dann hat Piepe auch noch hingekotzt.«

»Aber was sollen wir denn machen«, sagte Hacki. »Wir können ja schlecht das Haus abfackeln.«

Kralle überlegte. »Wieso eigentlich nicht? Der Typ ist doch tot. Und um die Bruchbude hier ist es ja wirklich nicht schade. Charly, du hast doch Streichhölzer?«

Charly klopfte sich an die Tasche seiner Shorts. Es klapperte.

»Na dann los, die erste Idee ist meistens die beste.«

»Guck mal hier«, sagte Piepe. Er hielt eine große, längliche Metallbüchse mit blaugelbem Etikett in der Hand. *Terpentin-Ersatz* stand darauf. »Das war bei den

Malsachen im Wohnzimmer. Ich dachte, damit krieg ich meine Kotze aus dem Teppich. Aber das brennt bestimmt auch gut.«

Kralle nahm ihm wortlos die Büchse ab, öffnete den Verschluss und schüttete den Inhalt über den Mann, den Teppichboden, spritzte es an die Wände, bis die Büchse leer war. Es stank furchtbar. »Wir verschwinden über die Terrasse und schlagen uns hinten durch die Bäume«, bestimmte Kralle. »Charly, zünd an!«

Charly holte die Streichholzschachtel hervor und zog eines der Hölzer heraus. Er zögerte.

»Los, mach schon!«, herrschte Kralle ihn an. »Alle anderen auf die Terrasse.«

Charly seufzte, entzündete das Streichholz und warf es in Richtung des Mannes. Das Streichholz erlosch im Flug, nichts geschah.

»Noch mal!«

Dieses Mal klappte es. Von einem Augenblick auf den anderen stand der ganze Flur in Flammen.

»Los, komm«, sagte Kralle und zog Charly am Ärmel, der mitten im Wohnzimmer stehen geblieben war und in die Flammen schaute. Die anderen drei standen bereits draußen.

»Da ... da ...«, stammelte Charly und wies in Richtung Flur.

Der Mann, dessen Kleidung und Haare in Flammen standen, bewegte sich. Erst dachte Kralle, es sähe nur so aus, wegen der Hitze, die die Luft durcheinanderwirbelte, aber tatsächlich, der Einäugige versuchte, sich aufzurappeln.

»Scheiße«, zischte Kralle, packte Charly am Arm und hastete mit ihm zur Terrassentür.

Als sie hindurch waren, schrie Charly auf. Der brennende Mann wankte durch das Zimmer, direkt auf sie zu.

Hacki sprang zur großen Glastür und schob sie zu.

Die anderen liefen weg, nur Kralle blieb stehen und sah voll Entsetzen zu, wie Hacki die Tür zuhielt, während der Mann drinnen versuchte, nach draußen zu gelangen.

Das Ganze dauerte nur vier oder fünf Sekunden, aber Kralle kam es vor wie eine Ewigkeit, bis der brennende Mann in sich zusammensank und regungslos liegen blieb. Da stand schon der Vorhang in Flammen.

*

Die Stimme im Keller fiel ihm erst wieder ein, als sie bei ihren Fahrrädern waren. *Hallo?* Hinter den Bäumen hörten sie das Rauschen und Knacken der lodernden Flammen.

Das alles war ein Albtraum. Ein einziger Albtraum, und er wachte einfach nicht auf. Er hatte gar nicht richtig mitbekommen, wie sie aus dem Haus gerannt waren, durch die Sträucher und zwischen den Bäumen hindurch, bis sie stehen blieben und einander anschauten. Seine Arme waren voll blutiger Schrammen.

Nur Kralle und Hacki fehlten.

Die Stimme im Keller. Es war eine Stimme gewesen, keine Ratte, kein Geräusch vom Haus oder von der Heizung oder so, nein, eine Stimme, also war da ein Mensch gewesen. Aber der Keller konnte ja nicht mit verbrennen. Oder doch? Wo blieb denn überhaupt die Feuerwehr? Piepe hatte doch gesagt, die kommt und löscht alles. Aber nichts passierte.

Der Raum im Keller. Die Stimme hinter der Tür.

Von außen hatte der Schlüssel gesteckt.

Ihm wurde übel.

1

Montag, 10. Mai 2021

Sie hörte ihn, bevor sie ihn sah. Es dauerte eine Weile, bis der mobile Kran am Ende der Harmsbütteler Dorfstraße beim Dorfkrug um die Ecke bog, aber endlich war er da und fuhr auf das Gelände des Neubaugebiets.

Katja Landmann stand mit ihrem Mann Jens am Rand der Baugrube. Zur Hälfte waren die Kellerwände schon hochgezogen worden.

Und jetzt das.

»Herr Landmann, Frau Landmann, Sie sind ja hier!«

»Das sind wir wohl«, sagte Katja Landmann. »Schön, dass Sie auch hier sind, Herr Reißner. Dann können Sie uns gleich mal berichten, wie das hier« – sie machte eine unbestimmte Geste in Richtung Baugrube – »passieren konnte.«

Ein Dutzend Dorfbewohner stand in der Gegend herum. Gegrüßt hatte sie keiner von ihnen, aber die hatten ja auch nicht wissen können, wer sie war. Höchstens ahnen. Sie musterte die Schaulustigen. Keiner trug eine Maske, und einige standen viel zu dicht zusammen, die konnten kaum alle zu ein und demselben Haushalt gehören. Wobei, hier auf dem Dorf, wer wusste das schon so genau.

Erst zweimal war sie hier gewesen: einmal um sich das Baugrundstück anzusehen und einmal bei der Grundsteinlegung. Sie konnte mitten im Schuljahr schlecht ständig aufs Land fahren. Auch wenn der Präsenzunterricht ausgesetzt war, hatte sie genug zu tun.

Katja Landmann sah ihren Mann an. Der schaute in Richtung der Felder hinter dem Neubaugebiet, wahrscheinlich war er in Gedanken schon wieder im Büro.

Einige der Umstehenden starrten sie an. Waren das feindselige oder neugierige Blicke? Vielleicht beides, das musste sich ja nicht ausschließen. In ihrem Heimatdorf im Rheinland wären die Leute längst angekommen und hätten sie in lauter Gespräche über weiß der Himmel was verwickelt. So etwas lag den Holsteinern fern. Das kannte sie zur Genüge von der Familie ihres Mannes.

Ob unter denen, die sie anstarrten, auch derjenige war, der ihnen die Suppe hier eingebrockt hatte? Der gemerkt hatte, dass der Keller ein Stück zu weit aus der Erde ragte?

Karl Reißner vom Architekturbüro Reißner & Schöffler räusperte sich. »Hören Sie, ich hatte doch keine Wahl.« Er hielt ihr eine hellblaue Plastikrolle vor die Nase. »Hier, die Pläne, Sie können selbst ... Ich meine, ich zeige Ihnen das gerne noch mal genau.«

»Entschuldigen Sie, bitte anderthalb Meter Abstand, okay?« Sie trat einen Schritt zur Seite. »Und eigentlich möchte ich von Ihnen *gar* nichts mehr sehen.« Sie lächelte hinter ihrem Mundschutz. »Ich bin sicher, wir finden schnell einen neuen Architekten. Das Telefonbuch ist voll davon.«

»Aber, Frau Landmann! Das zahlt doch alles meine Versicherung. Und der Boden ist hier so feucht, wenn wir das Fundament nicht zwanzig Zentimeter höhergelegt hätten, dann hätten Sie doch später ständig Wasser aus Ihrem Keller pumpen müssen.«

»Na, und jetzt?« Sie wies auf die Baugrube, an deren Rand sich mittlerweile der Kran postiert hatte. »Jetzt gibt es gleich keinen Keller mehr.«

Wie aufs Stichwort klinkte der Kranführer den immensen Stahlzylinder aus und ließ ihn auf den Beton krachen, der den Boden der Baugrube bedeckte.

»Das hätte doch keiner ahnen können«, sagte Reißner. »Das kommt in tausend Fällen vielleicht einmal vor, dass da jemand nachmisst. Und außerdem, stellen Sie sich mal vor, die Bauarbeiter wären schon weiter gewesen, schon beim Erdgeschoss, dann hätte –«

In diesem Moment ertönte ein spitzer Schrei.

Die Dorfbewohner waren unruhig geworden, einer wies in die Grube, dorthin, wo der Kran zuletzt den Zylinder hatte knallen lassen.

Katja Landmann blickte zum Kranführer und hatte den Eindruck, dass dieser gerade wieder ansetzen wollte, als ein Mann mit gelbem Helm aufgeregt mit den Armen wedelte und rief: »Hauke! Lass gut sein!«

Aber es war zu spät. Das schwere Gerät krachte nieder, der Beton zerbarst, und dann wurde das Ungetüm wieder langsam am Stahlseil emporgezogen. Die Schaulustigen stöhnten wie im Chor auf.

Was war denn da los, verdammt? Katja Landmann ging näher an den Rand der Grube heran.

Da sah sie es auch.

Aus dem Beton, dort, wo nun schon ein mehrere Quadratmeter großes Loch gerissen war, ragte etwas Helles heraus.

Eine Hand, ein nackter Arm.

Katja Landmann schüttelte den Kopf. Das bedeutete garantiert noch mal eine oder zwei Wochen Bauverzögerung zusätzlich.

Sie sah hinunter auf ihren Bauch. Bald ließ es sich gar nicht mehr verstecken. Und ihre Planung sah nicht vor, mit einem schreienden Säugling im vierten Stock einer sanierungsbedürftigen Altbauwohnung in Hamburg-Winterhude zu hocken.

Später

»*Sie sind Herr Çoban? Nehmen Sie doch Platz.*«

»*Ich dachte immer, man liegt dabei auf der Couch oder so.*«

»*Möchten Sie lieber auf einer Couch liegen? Wir können nach nebenan gehen, da ist eine.*«

»*Nee, lassen Sie mal. Ich bin ja nicht krank oder so was.*«

»*Gut.*« *Dr. Lieberg nimmt die Brille ab. Sie legt sie vor sich auf den Schreibtisch, richtet sie parallel zur Tischkante aus.* »*Dann erzählen Sie doch erst mal, warum Sie hier sind.*«

»*Weil ich muss.*«

»*Weil Sie müssen?*«

»*Ausgesucht habe ich mir das nicht.*«

Dr. Lieberg nickt. Sie nimmt einen Kugelschreiber, der neben einem aufgeschlagenen Spiralblock vor ihr auf der Tischplatte liegt, und schreibt etwas auf.

Aus dem Augenwinkel versucht Çoban, die Schrift zu entziffern, aber es gelingt ihm nicht.

»*Schön, dann fangen Sie doch mal an zu erzählen.*«

»*Würde ich glatt machen, wenn Sie mir sagen, was.*«

»*Kommissar Çoban.*« *Dr. Lieberg sieht auf.* »*Sie wissen doch besser als ich, warum Sie hier sind. Also: Entweder wir spielen jetzt eine halbe Stunde lang Halma …*«

»*Halma?*«

»*… ich habe auch Mühle da. Sie lassen mich gewinnen, danach bekommen Sie meine Unterschrift auf Ihren Zettel, und wir sehen uns am Donnerstag wieder. Oder aber Sie reden mit* *mir über den verstorbenen Kollegen. Und bevor Sie fragen: Ja, das sind die einzigen Optionen, und nein, interessantere Spiele habe ich nicht.«*

»Verstehe. Ganz schön clever.«

»Verzeihung, ich weiß jetzt nicht genau, was Sie meinen?«

»Ich weiß schon, wie Sie sich das vorstellen. Wir spielen zusammen Halma, und dabei kommen wir so ganz nebenbei ins Plaudern, und dann erzähle ich von meiner Kindheit und meinem Vater, und irgendwann fange ich an zu heulen, weil mich das alles so belastet.«

»Weil Sie was so belastet?«

»Hm.«

»Herr Çoban, alles okay?«

»Haben Sie vielleicht mal ein Taschentuch?«

2

Donnerstag, 13. Mai 2021

»Schatz, du musst wissen, der Herr Çoban ist nämlich Mohammedaner.«

»Ja, Liebling, ich weiß.« Der Mann der Wirtin sah gar nicht erst von seiner Zeitung auf.

Taifun Çoban seufzte leise. Normalerweise hätte er jetzt zu einem Vortrag angesetzt, dass es korrekt »Moslem« oder »Muslim« heiße, und auch wenn seine Religion den Propheten Mohammed verehre, das Wort »Mohammedaner« doch eher aus einer Zeit stamme, als man seine Glaubensgenossen in Deutschland wahlweise auch gerne als »Muselmanen« tituliert hatte.

Also in etwa der Zeit von Karl May.

Aber was sollte man in einer Gastwirtschaft mit dem schönen Namen »Büttelkrog« in Harmsbüttel im Kreis Herzogtum Lauenburg im Südosten Schleswig-Holsteins auch anderes erwarten? Çoban sah die Frau in der Kittelschürze, die hinter dem Empfangstresen saß, nur etwas genervt an und atmete durch. »Ganz recht.«

»Ist ja auch mal was anderes, nicht, Schatz?«

Çoban fiel auf, wie ihre runden Brillengläser über dem geblümten Mundschutz jedes Mal, wenn sie atmete, ein wenig beschlugen, nur für eine Sekunde, dann waren sie wieder klar.

»Hm-hm«, brummte ihr Mann im Sessel über seinen *Lübecker Nachrichten*.

Çoban war sich nicht sicher, ob das Zustimmung, Ablehnung oder nur allgemeines Desinteresse an den Dingen jenseits der Zeitung bedeutete.

»Wissen Sie«, sagte die Wirtin, »wir hatten schon mal einen Chinesen hier. Aber der ...« Sie machte eine unwirsche Handbewegung. »Na ja.«

Çoban fragte sich, was der Chinese wohl angestellt haben mochte. Und ob er nicht vielleicht in Wirklichkeit Koreaner oder Japaner gewesen war. Oder Deutscher, wie er.

»Und wie lange werden Sie bleiben, Herr Çoban?«

Gute Frage. Er hätte einiges darum gegeben, wenn er das gewusst hätte. Wer konnte schon sagen, wie lange eine solche Ermittlung dauerte? Mal waren es zwei Tage, mal zwei Monate. Er war auf das Schlimmste gefasst.

Taifun Çoban war seit fünf Jahren Hauptkommissar beim LKA in Kiel. Dass er mit siebenunddreißig Jahren deutlich schneller befördert worden war als einige seiner blonden und blauäugigen Kollegen, nahm er als Ausgleich für all die Gelegenheiten, bei denen manche von ihnen ihn damals gefragt hatten, wo er denn seinen Gebetsteppich habe. Oder Schlimmeres. Wobei er sich hier auf dem Lande, in Dörfern wie Harmsbüttel mit seinen paar Hundert Einwohnern, mitunter wie ein Exot fühlte. Dort, wo man noch beim »Kaufmann« einkaufte. Wo man sicherlich nicht einmal mehr einen Briefkasten und die nächste Postfiliale in der Kreisstadt fand. Aber immerhin gab es eine Gaststätte mit Fremdenzimmern.

»Wie lange ich bleibe, weiß ich noch nicht«, sagte Çoban. »Ist das ein Problem?«

»Ach was«, gab die Wirtin zurück. »Wir haben drei Zimmer, aber die sind nie alle belegt. Höchstens wenn mal Goldene Hochzeit ist und Leute von anderswo kommen. Aber das geht ja im Moment eh noch nicht wieder, mit dem ganzen Corona-Gedöns. Sonst ab und zu ein Vertreter. Hier ist ja viel Agrar und so drum herum. Na ja. Aber ich bin sicher, Sie werden sich hier wohlfühlen.«

»Wie ist es denn mit WLAN?«, fragte Çoban, und als die Frau ihn verständnislos anschaute, setzte er hinzu: »Internet.«

»Ach so. Ja, das wollten wir immer mal machen, aber leider …« Sie seufzte und zuckte mit den Schultern. »Essen Sie denn auch hier?«

»Wenn das geht?« Daran hatte Çoban noch gar nicht gedacht. »Ich will natürlich keine Umstände machen.«

»Nein, nein, wir sind ja froh, wenn wir ein bisschen Umsatz machen, nech?«

»Kein Schweinefleisch.« Das war wieder ihr Mann, hinter der Zeitung. Der schien sich wirklich auszukennen.

»Jaja, das hab ich auch schon mal gehört. Das ist wirklich eine … Oh, und dann kann ich Ihnen als Mohammedaner ja auch gar keinen Begrüßungsschnaps … Na ja, kein Problem. Das kriegen wir schon alles hin.«

Zum ersten Mal schaute nun der Mann der Wirtin von seinen *Lübecker Nachrichten* auf. Er sah Çoban aus dicken Brillengläsern freundlich an, nickte und sagte, als hätte er die letzten Minuten nach der richtigen Vokabel gesucht: »*Salam Aleikum!*«

Çoban nickte zurück. »Moin.«

Etwas speziell die Leute hier. Und überhaupt: Er aß durchaus Schweinefleisch. In der Moschee war er schon lange nicht mehr gewesen. Für ihn gab es keinen Gott. Und dass er keinen Alkohol trank, hatte Gründe, die nichts mit irgendeiner Religion zu tun hatten. Aber er beschloss, dass er das den Harmsbüttelern nicht unbedingt auf die Nase binden musste.

Das Zimmer war zweckmäßig eingerichtet. Çoban legte sich angezogen auf die Tagesdecke. Der Raum wirkte in seiner Kargheit auf bedrückende Weise provinziell. Die Einrichtung war unmodern, an den Wänden hingen zwei hässliche, dilettantisch ausgeführte Aquarelle mit Meereslandschaften.

Das war also Harmsbüttel.

Es war eine Ewigkeit her, dass er diesen Namen das erste Mal gehört hatte. In der Ausbildung war das gewesen, als Beispiel für einen *Cold Case*: die kleine Susanne Hansen, elf Jahre alt, an Rauchvergiftung gestorben im Keller eines Einfamilienhauses, das abgebrannt war.

Das musste auch damals, als sie den Fall durchgenommen hatten, schon über zwanzig Jahre her gewesen sein. Anfang der Achtziger, wenn Çoban nicht alles täuschte. Ob sich daran heute noch jemand erinnerte? Die Älteren von damals waren inzwischen wohl tot. Und die Jüngeren? In einundvierzig Jahren kann man viel vergessen. Den Mann, der mit seinem Haus verbrannt war. Der ein Mädchen entführt und über ein Jahr lang im Keller eingesperrt hatte. Der es in einem schmutzigen Raum ohne Licht eingesperrt und immer wieder vergewaltigt hatte.

Ob man Susanne jemals gefunden hätte? Vielleicht war ihr auch einiges erspart geblieben. Wenigstens hatte sie am Ende nicht lange gelitten. Bei einer Rauchgasvergiftung genügten schon ein paar Atemzüge Kohlenmonoxid, und man verlor das Bewusstsein.

Einundvierzig Jahre. Und jetzt wieder ein Gewaltverbrechen in diesem Kaff. Oder zumindest war das Resultat dieses Verbrechens aufgetaucht. Konnte gut sein, dass das bei einigen alte Wunden aufriss. Ob beide Fälle etwas miteinander zu tun hatten? Keine vorschnellen Schlüsse, ermahnte sich Çoban, das bringt nichts. Einen Schritt nach dem anderen.

Die Arbeit in der Abteilung Identitätsfeststellung, kurz IDF, die Çoban leitete und die die Aufgabe hatte, unbekannte Tote zu identifizieren, führte ihn selten in Dörfer wie Harmsbüttel. Der Grund war ganz einfach der, dass dort in der Regel jeder jeden kannte. In der Stadt, ob nun in Kiel, Lübeck oder Husum, sah das ganz anders aus. Außerdem geschahen auf dem Lande weniger Gewaltverbrechen, zumindest wurden nicht so viele entdeckt. Zwar kam Çoban ebenso zum Einsatz, wenn jemand im Koma lag oder das Gedächtnis verloren hatte und sich an nichts mehr erinnerte, nicht einmal an sich selbst, aber auch das kam auf dem platten Land eher selten vor.

Nachdem er seinen Koffer ausgepackt hatte, machte sich Çoban auf den Weg zur Polizeidienststelle. Seine Kontaktperson dort war Polizeihauptmeister Wernersen.

Erstaunlich, dass es in so einem Ort überhaupt eine

Dienststelle gab, dachte Çoban. Wahrscheinlich war sie bei den letzten fünf Umstrukturierungen durchs Raster gefallen.

Es war fast sommerlich warm. Kastanien mit dicken Stämmen säumten die menschenleere Dorfstraße. Çoban blieb stehen und lauschte. Nirgends war ein Auto zu hören, stattdessen zwitschernde Vögel. Links und rechts der Straße je ein alter Bauernhof. Fachwerk, zur Straße hin Rosensträucher. Eine echte Idylle.

Die Art von Idylle, in der Leichen unter dem Fundament von Einfamilienhäusern vergraben werden.

Dorfstraße 2 war die Adresse der Polizeiwache, das hatte Çoban sich gemerkt. Aber als er vor dem Haus stand, zog er dann doch sein Smartphone aus der Tasche, um noch einmal nachzusehen, denn Nummer 2 war ganz offensichtlich die Post. Ein großes gelbes Schild mit dem schwarzen stilisierten Posthorn sowie der DHL-Schriftzug schmückten die Backsteinfassade über dem Schaufenster, in dem ein paar gelbe Pakete gestapelt waren, die eine Werbetafel als »Packsets« anpries.

Er holte seinen schwarzen Dienst-Mundschutz aus der Tasche und befestigte ihn an den Ohren.

Eine altmodische Bimmel verriet, dass er eingetreten war. Doch er blieb allein.

»Hallo?«

Keine Reaktion.

Çoban öffnete noch einmal die Tür. An der Glasscheibe war von innen ein Schild mit den Öffnungszeiten befestigt: *Mo–Fr 9–12/15–18, Sa 10–12*. Er blickte auf seine Armbanduhr: Viertel vor zwölf. Hatte sich da jemand schon vorzeitig in die Mittagspause verabschiedet? Aber dann wäre doch sicherlich abgesperrt gewesen.

Er sah sich um. Die Decke des etwa fünf mal fünf Meter großen Raumes war mit gedunkeltem Profilholz vertäfelt, die Wände schmückte eine Tapete mit dezentem Blumenmuster. Ein Regal mit Briefumschlägen und anderen Schreibwaren stand verloren im Raum herum. Er trat an den Post- und Verkaufstresen, da wurde hinter ihm die Tür geöffnet, und die Bimmel läutete erneut. Çoban drehte sich um und sah sich einer zierlichen Frau gegenüber. Vielleicht Anfang fünfzig, schwarzes Haar mit hellgrauen Strähnen, am Hinterkopf zu einem Pferdeschwanz zusammengebunden, Turnschuhe, verwaschene Jeans und ein dunkelrotes Sweatshirt.

Die Frau sah ihn halb überrascht, halb verärgert an. »Wie kommen Sie denn hier rein?«

»Durch die Tür.«

»Oh! Da hab ich wohl vergessen abzuschließen.« Sie ging schnellen Schrittes an ihm vorbei, stellte sich hinter den Tresen und legte einen Mundschutz aus buntem Stoff an. »Womit kann ich dienen?«

»Eigentlich mit Herrn Wernersen.«

»Ist was passiert?«

»Nein, ich war nur ... Ich dachte, Dorfstraße 2 wäre die Polizeiwache.«

Die Frau nickte. »Stimmt. Das ist hier.«

»Also doch.« Çoban sah sich um.

Die Frau seufzte. »Wissen Sie, das lohnt sich hier ja alles

nicht so, also mit der Polizei, und das war dann der Kompromiss. Die Poststelle.«

»Ach.«

»Soll ich meinen Mann denn mal eben holen? Der sitzt im Garten.«

»Dann sind Sie also Frau Wernersen?« Çoban ärgerte sich sofort über seine überflüssige Frage.

Sie nickte. »Silke Wernersen. Und Sie sind …?«

»Çoban. Taifun Çoban. LKA.«

»Aha.« Einen Moment lang sah sie ihn mit einem Blick an, den er nicht ganz deuten konnte. »Bin gleich wieder da.« Frau Wernersen verschwand durch eine rückwärtige Tür, die ihm vorher gar nicht aufgefallen war.

Der sitzt im Garten. Über zu viel Arbeit konnte man sich bei der Harmsbütteler Polizei offenbar nicht beschweren. Dennoch, das Sekretariat sollte ihn eigentlich bei Wernersen angekündigt haben, und man faulenzte doch nicht im Garten herum, wenn man das LKA erwartete.

Es dauerte nicht lange, bis ein hochgewachsener Mann mit breiten Schultern auftauchte. Er war mindestens eins zweiundneunzig, hatte ein kantiges Gesicht, eine spiegelglatte Glatze, einen dünnen grauen Oberlippenbart, der neben den Mundwinkeln bis zum Kinn verlief und darüber eine krumme Boxernase. Die Ärmel seines dunkelblauen T-Shirts mit dem Schriftzug »Polizei« auf der Brust spannten sich über imposanten Muskeln. Einen Mundschutz trug er nicht.

»Ist was passiert?«, fragte der Mann. »Dann rufen Sie besser 110.«

»Wieso? Ich bin doch jetzt hier, und hier ist doch die Polizei.«

»Das ist richtig, aber Sie sehen ja selbst.« Er machte eine vage Handbewegung in den Raum.

»Wir sind verabredet«, sagte Çoban und lächelte freundlich.

»Wir?« Der Mann zog die Augenbrauen zusammen. »Das kann ich mir nicht vorstellen.«

Çoban holte den Dienstausweis aus der Innentasche seiner Lederjacke und hielt ihn über den Tresen. »Ich komme vom LKA.« Als der Mann noch immer nicht zu kapieren schien, setzte er hinzu: »Aus Kiel.«

»Ach, *Sie* sind das?« Wernersen legte die Stirn in Falten.

»Stimmt was nicht?«

»Nee, ich dachte nur … Na ja.« Er brach ab und zuckte die Schultern.

Çoban sah ihn ernst an. »Haben Sie jemand anders erwartet?«

Wernersen lächelte dünn. »Nein, schon gut. Polizeihauptmeister Wernersen.«

»Kriminalhauptkommissar Çoban.«

»Wie war das?«

»Çoban, mit C mit einem Häkchen drunter.«

»Na, das wird aber schwierig mit den Berichten, so ein C hab ich ja gar nicht auf der Schreibmaschine.«

Das durfte doch alles gar nicht wahr sein. »Sie schreiben die Berichte auf einer …?«

»Quatsch, Mann«, unterbrach ihn Wernersen und grinste schief. »Das war nur ein Witz. Halten Sie uns hier echt für so rückständig? Kommen Sie mal mit nach hinten. Den Mundschutz können Sie dann auch abnehmen, Sie sind ja kein Postkunde. Und geimpft sind Sie doch bestimmt auch schon.«

Er drehte sich um, eine Antwort wartete er nicht ab.

»Sorry, Herr Wernersen, sollten Sie die Tür nicht abschließen, wenn keiner im Laden ist?«

Wernersen winkte ab. »Das ist Sache meiner Frau, mit der Post, da pfusch ich ihr nicht rein. Ich bin immer noch Polizist.« Er ging voraus durch einen kurzen dunklen Flur. Çoban folgte ihm, und sie betraten ein kleines Zimmer. Darin standen ein Schreibtisch, dessen Platte fast völlig ein klobiger Computer-Röhrenbildschirm mit Tastatur und ein Tintenstrahldrucker in Anspruch nahmen. Auf dem schmalen Aktenschrank daneben befand sich ein altertümliches Telefon. Çoban erinnerte sich noch genau, sie hatten früher zu Hause das gleiche grüne Modell gehabt, eines der ersten mit Tasten statt Wählscheibe. An der Wand stand ein Regal mit Aktenordnern und vor und hinter dem Schreibtisch je ein Stuhl. Für mehr war auch kein Platz, Çoban musste sich zwischen Wand und Schreibtischkante hindurchzwängen, um sich zu setzen.

»Gemütlich haben Sie's hier«, sagte Çoban. Es klang sarkastischer als beabsichtigt.

Durch das einzige Fenster konnte Çoban in den Garten hinterm Haus blicken, erkannte die Lehnen zweier Stühle, eine Terrasse vielleicht. Dahinter hohe, dichte Laubbäume.

Wernersen ließ sich in seinen Schreibtischstuhl fallen, einen gepolsterten Ledersessel, für Çoban blieb ein Holzstuhl. Wernersen sah auf eine große Digitaluhr, die über der Tür hing. »Ich hatte so früh gar nicht mit Ihnen gerechnet. Und nun ist bald Essen fertig. Wollen Sie mitessen? Meine Frau kocht in der Mittagspause immer und bringt das dann zu Muttern und isst mit ihr. Aber sie lässt mir eine große Portion hier. Und heute hab ich ihr gesagt: Mach mal noch was extra, aus Ratzeburg kommt ja auch noch jemand.« Wernersen wies zur Decke. »Wir wohnen oben drüber.«

Çoban musterte den Dorfpolizisten. Wenn er so früh nicht mit ihm gerechnet hatte, wieso hatte er dann seiner Frau gesagt, sie solle mehr kochen als sonst? Vielleicht war das nur eine Ausflucht, weil er beim Nickerchen ertappt worden war.

»Herr Wernersen, ich bin eigentlich hergekommen, um zu arbeiten.« Er hatte sich vorgenommen, nicht so stieselig zu sein. Egal, je eher dabei, je eher davon.

»Jaja.« Der Polizist wedelte mit der Hand. »Arbeiten können wir immer noch. Kommen Sie doch erst mal an. Wo wohnen Sie eigentlich?«

»Im *Büttelkrog*.«

»Ach so. Logisch. Gut, ich sag meiner Frau dann mal eben, dass sie noch ein Gedeck extra hinstellt.«

»Ich möchte wirklich keine Umstände …«

»Es gibt Königsberger Klopse.«

»Herr Wernersen, ich …«

»Die sind aus Kalb, nicht aus Schwein. Können Sie als Araber bedenkenlos essen.«

»Na gut«, sagte Çoban, »wenn Sie drauf bestehen.«

Araber. Ethnologe war Wernersen nicht gerade, aber sich darüber zu ärgern, hatte auch keinen Zweck. Und Königsberger Klopse, das klang wirklich nicht schlecht. Es war Jahre her, seit er die gegessen hatte.

»Wie wär's, wenn Sie sich so lange auf die Terrasse setzen?«

Çoban folgte Wernersen wieder in den Flur, von dem noch eine weitere Tür abging. Auf der Terrasse empfing ihn warmer Sonnenschein.

»Haben Sie keine Angst vor Einbrechern?«, fragte Çoban.

Wernersen sah ihn verwundert an. »Wieso?«

»Die Terrassentür stand offen, obwohl hier ja vorhin gar keiner war, und sie hat nicht mal ein Sicherheitsschloss.«

»Ach so. Das alte Ding. Dafür haben wir gar keinen Schlüssel mehr, die ist immer auf. Silke meinte auch schon mal, ob wir da eine neue Tür reinsetzen. Aber wer soll denn bei uns einbrechen? Ausgerechnet bei der Polizei.« Wernersen wies auf einen der Liegestühle. »Machen Sie sich's bequem. Ich sag Bescheid, wenn das Essen fertig ist. Sie können auch gerne rauchen, wenn Sie wollen.«

Çoban nickte. »Vielen Dank. Ich rauche nicht.« Verdammt! Eine Zigarette wäre jetzt genau das Richtige gewesen.

Früher

Wenn man die Hose nicht herunterziehen muss, ist es nie so schlimm, dass es blutet. Das sparen sie sich für die schlimmeren Fälle auf. Er hat die Zähne zusammengebissen, und dann war alles schon wieder vorbei.

Dabei haben doch Leo und Hansi der Frau Marquardt den Kuchen gestohlen. Sie haben sogar abends im Schlafsaal damit angegeben. Aber wenn er sie verpetzt hätte, dann hätten sie ihm wieder aufgelauert. Und wer weiß, was sie diesmal mit ihm gemacht hätten. Dann lieber der Rohrstock.

Doof, dass Christina weg ist. Sie hatte so schlimmen Ausschlag, dass sie ins Krankenhaus gekommen ist, und sie ist nicht wiedergekommen. Er hat Frau Marquardt gefragt, und die meinte: »Das geht dich nichts an.« Aber er fand schon, dass es ihn was anging, sie war seine einzige Freundin hier. Jetzt, wo sie nicht mehr da ist, hat er niemanden mehr.

Er geht am Zaun lang, so weit, wie sie allein dürfen. Da ist die Eiche. Wenn er sich geschickt anstellt, kann er auf den großen Ast klettern. Hoffentlich kommt niemand und stört ihn. Er darf nur nicht das Abendessen verpassen. Zu dumm, dass er keine Armbanduhr hat. Wenn man ganz leise ist und kein Wind weht, kann man den Glockenturm der Kirche hinten im Dorf hören, dann weiß man alle Viertelstunde, wie spät es ist.

Noch zwanzig Meter bis zur Eiche.

Es brummt zu seinen Füßen. Hummeln, weiß er sofort, die mochte er schon immer, die sehen so gemütlich aus. Die tun keinem was, nicht wie Wespen, die immer versuchen, einen zu stechen, oder Bienen, die dabei auch noch selber sterben, die Armen. Er geht in die Hocke. Da ist jede Menge weißer Klee, und mehrere Hummeln fliegen von Blüte zu Blüte.

»Guckste dir die Blumen an, du Schwuli?«

Leo und Hansi müssen sich hinter dem Baum versteckt haben.

»Schwuli, Schwuli!« Hansi lacht und tanzt albern um ihn herum. Er trampelt durch den Klee, tritt die Halme und Blüten kaputt.

Jetzt wünscht er sich, es wären doch Wespen, die hätten sich gewehrt!

»Mach bloß, dass du wegkommst, dumme Sau!«

Das müssen sie ihm nicht zweimal sagen, er läuft, so schnell er kann.

Als er weit genug fort ist und sieht, dass sie nicht hinterherkommen, wischt er sich wütend die Tränen weg.

Es tut weh, wenn er einatmet, und es sticht ihm in den Seiten.

3

»Aufwachen, Çoban!«

Çoban blinzelte in die Sonne. Er war tatsächlich im Liegestuhl eingeschlafen. Vogelgezwitscher statt Motorenlärm, das war er einfach nicht gewohnt.

Über sich sah er zwei Gesichter, das kantige von Wernersen und ein ihm unbekanntes, rundes, das einer etwa fünfunddreißigjährigen Frau mit schulterlangem dunkelbraunem Haar und einer schmalen roten Nase gehörte.

»Braun«, sagte die Frau.

Es war kurz nach eins, wie Çoban nach einem Blick auf die Uhr feststellte. Er musste erst einmal richtig wach werden. Umständlich erhob er sich vom Liegestuhl und sah die Fremde verwundert an. »Çoban«, sagte er mechanisch. »Frau ... Braun?«

»KK. Kripo Ratzeburg«, entgegnete die Frau. »Und Sie sind der Spezialist, was?«

»Sozusagen. Offiziell arbeite ich beim LKA bei der Vermisstenstelle, die nach verschwundenen Personen sucht. Meine Kollegin und ich haben uns im Laufe der Zeit auf nicht identifizierte Tote spezialisiert.«

»Schön. Dann ist unsere Mordkommission wohl komplett.«

»Wie bitte?« Çoban blickte von Wernersen zu Braun und zurück. »Kommen aus Ratzeburg nicht noch mehr Kollegen?«

Braun schüttelte den Kopf. »Klappt leider nicht. Drei sind krank, nein, keine Sorge, kein Corona. Darunter mein KHK, und es stapelt sich jetzt schon so viel Arbeit. Aber so ein Kerl wie Sie« – sie musterte Çoban von oben bis unten – »und noch dazu vom LKA, der wiegt doch eine ganze Handvoll Dorfpolizisten auf, oder?« Braun lachte heiser, bis ihr Lachen erst in ein Husten und dann in einen kolossalen Nieser überging. Sie holte ein offenbar bereits mehrfach benutztes Stofftaschentuch aus der Hosentasche. »Entschuldigung«, murmelte sie hinein und schnäuzte sich. »Heuschnupfen. Vor allem Buche und Eiche.«

»Dann haben Sie ja das große Los gezogen.« Wernersen lachte meckernd. »Die haben wir hier reichlich.«

Braun zündete sich eine Zigarette an, sog den Rauch tief ein und versuchte offenbar, ihn durch die Nase wieder auszublasen, was nur mäßig klappte. »Rauchen hilft«, sagte sie, »jedenfalls bilde ich mir das ein. Auch eine?«

Çoban schüttelte den Kopf. »Danke. Ich rauche nicht. Also nicht mehr.«

»Ach Gottchen, ein Ex-Raucher.« Braun grinste ihn an. »Die sind ja immer die Schlimmsten.«

»Jetzt aber mal rein, Essen ist fertig«, befahl Wernersen und ging voran.

Çoban folgte den beiden durch den schmalen Flur und über eine enge Treppe bis in den ersten Stock. Hier erwartete sie eine Wohnstube, die Çoban sehr an das frühere Wohnzimmer seiner Eltern erinnerte, von der Eichenschrankwand bis hin zum Couchtisch mit Tischläufer aus weißer Spitze. Waren die Wernersens nicht ein wenig zu jung dafür? Aber vielleicht hatten sie das Mobiliar geerbt. Und hier auf dem Land war das bei Leuten Anfang, Mitte fünfzig vielleicht angesagt wie eh und je.

Wernersen steuerte einen massigen ovalen Esstisch an, der für drei Personen eingedeckt war. Als sie Platz genommen hatten, erschien Frau Wernersen mit einem Tablett, auf dem zwei große Schüsseln dampften, eine mit Klopsen, eine mit Salzkartoffeln. Wernersen fragte nach den Getränkewünschen, Çoban und Braun baten um Wasser. Die Frau verschwand wieder und kehrte flugs zurück, mit einem weiteren Tablett, darauf eine Flasche Mineralwasser und eine Bierflasche, die sie ihrem Mann hinstellte. »Nu muss ich aber los«, sagte sie zu ihrem Mann. »Bis später, Schatz!«

Frau Wernersen verschwand wieder, und sie langten zu.

»Isst Ihre Frau denn nichts?«, fragte Braun mit vollem Mund.

Wernersen winkte ab. »Im Moment macht sie Intervallfasten.«

»Was ist das denn?«

»Da darf man sechzehn Stunden am Tag nichts essen. Also am Stück, meine ich. Soll gesund sein, und sie findet sich eh zu dick.«

»Ist Ramadan nicht auch so 'ne Art Intervallfasten?«, fragte Braun an Çoban gewandt und fügte in Wernersens Richtung erklärend hinzu: »Der Fastenmonat.«

»Oha.«

Çoban zuckte die Achseln. »Ist eher eine Frage der Gewohnheit.« Er tat sich noch eine Portion auf. Die Klopse waren absolute Spitze, die Soße hatte genau die richtige

Menge Kapern, die Kartoffeln waren noch ganz leicht bissfest. Hoffentlich war die Küche in seinem Gasthof ähnlich gut.

»Wie funktioniert denn das mit dem Ramadan?«, wollte Wernersen wissen.

Braun sah Çoban an.

Er nickte ihr zu. Sollte sie das doch erklären, wenn sie unbedingt wollte.

»Eigentlich ganz einfach, von morgens bis abends darf man nichts essen und nichts trinken. Also genauer, von Sonnenaufgang bis Sonnenuntergang.«

Çoban war nicht religiös, aber den Ramadan hielt er ein. Das hatte er seiner Mutter versprochen. Damals hatte der Ramadan ihm geholfen, sich das Rauchen abzugewöhnen, denn Rauchen war im Fastenmonat ebenfalls verboten. Das Dumme war natürlich, dass er dadurch noch mehr Hunger hatte. Aber er redete sich ein, dass ihn die Entbehrung irgendwie stärker mache. Immerhin nahm er auch ein paar Kilo ab. Schade, dass sie so schnell wieder drauf waren. Dick war er nicht, aber seit er die vierzig überschritten hatte, war die Zahl hinterm »W« an seiner Jeans bereits um zwei Zähler gestiegen. Außerdem mochte er das Ritualisierte am Ramadan. Als Katholik, hatte er schon oft gedacht, würde er vielleicht auch die Fastenzeit einhalten, sieben Wochen ohne. Wobei der Ramadan eine Spur härter war. Er dauerte zwar nicht so lange, aber den ganzen Tag nichts zu essen und zu trinken, das war eine andere Nummer, als sieben Wochen lediglich auf Fleisch zu verzichten oder auf Alkohol.

»Und dann darf man den ganzen Tag lang nichts essen? So gar nicht? Auch nicht ausnahmsweise?« Wernersen schien sich das nur schwer vorstellen zu können. »Wann ist denn dieser Ramadan?«, fragte er, nun wieder an Çoban gewandt.

»Unterschiedlich«, sagte Çoban. »Und jedes Jahr ein bisschen früher als in dem davor. Dieses Jahr Mitte April bis Mitte Mai. Also genauer gesagt bis vorgestern.«

»Dann können Sie ja jetzt wieder reinhauen. Und sich schon darauf freuen, wenn der Fastenmonat wieder im Winter ist. Im Dezember könnten Sie dann ja schon nachmittags um halb fünf oder so zulangen.«

»Das dauert leider noch ein paar Jahre.«

Sie aßen eine Weile schweigend, bis Braun das Wort ergriff. »Kommen wir doch mal zu unserem Unbekannten. Wie ist denn die Lage, Wernersen?«

»Wie meinen Sie das?«

»Der Stand der Dinge. Der Ermittlungen.«

Der Mann mit der Glatze sah die Ratzeburgerin irritiert an. »Also, von Ermittlungen kann man ja noch gar nicht sprechen. Sie sind doch beide gerade erst angekommen.«

»Heißt das, Sie haben noch überhaupt nichts …?«

»Sie sind gut«, unterbrach Wernersen sie wütend. »Meinen Sie, ich schüttle so eine Mordermittlung aus dem Ärmel? Ich bin hier ganz alleine im Ort und habe weiß Gott genug zu tun.«

Ja, ein Nickerchen im Garten um elf, dachte Çoban.

Braun seufzte. »War ja nur 'ne Frage.«

»Und ich bin ja auch noch für Grevshagen zuständig,

das hat viertausend Einwohner. Und für Amelung und Buchsbüttel.«

»Sind Sie denn schon mal mit einem Foto vom Toten im Dorf herumgegangen und haben bei den Leuten geklingelt?«, wollte Çoban wissen.

»Das hab ich wirklich noch nicht geschafft. Wie gesagt, ich hab ja auch noch Grevshagen und …«

»Schon gut.«

»Dann machen wir das halt zu dritt«, sagte Braun. »Wie viele Einwohner hat Harmsbüttel denn?«

»Etwas über fünfhundert.«

»Aber ein Foto haben wir doch?«, fragte sie weiter.

Çoban nickte. »Das sollte Herr Wernersen eigentlich vorliegen haben. Aber ich habe auch noch eins mit.« Er nahm seine Umhängetasche zur Hand und holte einen Abzug des Fotos heraus: das Gesicht des Toten. Hohe Stirn und markantes Kinn, dünne Nase, ausgeprägte hohe Wangenknochen, schulterlanges dunkelbraunes Haar mit grauen Strähnen, filziger halblanger Vollbart. Die Kollegen in Kiel hatten es ganz gut hinbekommen, was wohl nicht ganz einfach gewesen war, immerhin hatte der Mann eine Abrissbirne auf den Kopf bekommen.

Braun nahm das Foto, nickte und schaute Çoban interessiert an. »Wie gehen Sie denn bei so einem Fall normalerweise vor?«

»Als Erstes erstellen wir zusammen mit dem Erkennungsdienst und der Rechtsmedizin ein allgemeines Profil. Größe, Haar- und Augenfarbe, Gewicht. Ungefähres Alter, besondere Merkmale. Wir schauen uns die Kleidung an, die gibt meistens Aufschluss über den sozialen Status. Wir nehmen Fingerabdrücke und DNA und schauen, ob sich ein Match in den Datenbanken findet. Das nennt man ›Post-Mortem-Datenerhebung‹. Und diese PM-Daten gleichen wir dann mit Ante Mortem ab, also gespeicherte Fingerabdrücke und DNA. Und mit den Beschreibungen in Vermisstenanzeigen.«

»Ich nehme an, das ist alles bereits geschehen?«, fragte Braun.

»Klar. Als Nächstes kommt Fleißarbeit. Wir hören uns im direkten Umfeld um, fragen die Leute, ob sie den Mann kennen oder wenigstens schon mal gesehen haben. Immerhin, das Umfeld ist hier im Dorf ja sehr überschaubar. Und in der Regel tauchen Ermordete nicht allzu weit von ihrem Wohnort auf.«

»Macht Sinn. Wissen wir denn schon, wie alt der Mann war?«

»Mitte fünfzig, sagt die Rechtsmedizin. Zwischen zweiundfünfzig und sechsundfünfzig.«

»Eines ist schon mal klar«, verkündete Wernersen, »von hier ist der nicht.«

»Wie können Sie sich da so sicher sein?«, fragte Çoban.

»Na, hören Sie mal. Wenn hier im Ort wochenlang einer weg ist, meinen Sie nicht, das hätte sich rumgesprochen?«

»Eins zu null«, feixte Braun.

»Nicht so schnell«, sagte Çoban. »Wir haben es mit einem Gewaltverbrechen zu tun. Hier ist niemand einfach nur ›weg‹, jemand hat den Mann umgebracht und wollte die Leiche verschwinden lassen. Und derjenige – oder diejenige – würde das sicher vertuschen wollen.«

»Trotzdem, für meine Harmsbütteler leg ich die Hand ins Feuer. Außerdem, ich hab doch gesehen, wie der angezogen war.«

»Gut, das ist sicher ein Punkt«, räumte Çoban ein.

»Wieso ist das bitte ein Punkt?«, fragte die Kollegin.

Çoban berichtete, dass der Unbekannte schmutzige, zerschlissene Jeans getragen hatte, abgelaufene, löcherige Schuhe, ein fleckiges Sweatshirt mit Brandlöchern darin und darunter kein T-Shirt oder Unterhemd. Haar und Haut waren ungepflegt, er hatte zum Zeitpunkt seines Todes seit Wochen nicht geduscht oder gebadet.

»Klingt fast nach einem Obdachlosen«, sagte Braun.

»Eben«, bestätigte Wernersen. »Und so was haben wir hier im Dorf nicht.«

»Na, na, na«, sagte Çoban scharf, »das sind auch Menschen.«

»Ach nee?«

»Ach ja. Wenn Sie anderer Meinung sind, können wir die Ermittlung gerne ohne Sie fortsetzen.« Er sah den Dorfpolizisten auffordernd an.

Der starrte wütend zurück. »Ich mein ja nur«, murmelte er.

»Also«, fuhr Çoban fort, »erster Eindruck: Obdachloser, vielleicht Junkie. Letzteres hat die Rechtsmedizin inzwischen bestätigt, die Kollegen haben Spuren von Diamorphin im Körper gefunden.«

»Dia…was?«

»Heroin, Herr Kollege«, erklärte Çoban.

»Also, wir befragen die Leute«, nahm Braun den Faden wieder auf. »Und wenn niemand den Toten kennt?«

»Dann erweitert man langsam den Radius. Falls man einen intakten Kopf hat, wird ein Gebissprofil erstellt, das hilft uns oft weiter.«

»*Falls* man einen Kopf hat?« Braun machte große Augen.

»Ohne Kopf kann man zumindest den Leuten kein Foto zeigen.«

»Kommt das denn öfter vor?«

Çoban zuckte die Achseln. »In dem Fall hier ist das leider auch nicht ganz so einfach. Die Abrissbirne hat das Gebiss zerstört. Das haben die Rechtsmediziner wieder hingebastelt, aber die genaue Zahnstellung kann man wohl nicht mehr exakt rekonstruieren, wenn ich das richtig verstanden habe. Höchstens noch, wo es eine Füllung und eine Krone gab. Der Tote hatte übrigens extrem schlechte Zähne. Und ein weiteres Verfahren, das eingesetzt werden kann, ist die Isotopenanalyse.«

»Davon habe ich gelesen«, sagte Braun. »Das ist noch relativ neu, oder?«

»Zumindest neuer als die DNA-Analyse.«

»Und was bringt die?«

»Über Isotopen kann man herausfinden, in welcher Region eine Person gelebt hat. Die Methode ist relativ komplex und wird meistens nur angewendet, wenn wir äußerliche Hinweise darauf haben, dass jemand nicht aus der Region stammt, in der die Leiche gefunden wurde. Mit der Isotopenanalyse können die Rechtsmediziner auch ermitteln, wo eine Person aufgewachsen ist, zum Beispiel wie weit vom Meer entfernt. Und was derjenige gewohnheitsmäßig gegessen hat, also ob deutsche Küche oder asiatische oder so. Mitunter lässt sich so auch ein Migrationshintergrund eingrenzen.«

»Und? Was ist mit unserem Toten?«

»Nichts Auffälliges.« Çoban holte sein Notizbuch aus der Umhängetasche und blätterte kurz darin. »Ein Norddeutscher, grob gesagt hier aus der Region. Hat nie woanders gelebt, zumindest nicht für längere Zeit.«

»Würde zu einem Obdachlosen ja passen«, murmelte Wernersen.

»Und wann kommt das Foto dann in die Zeitung oder ins Internet?«, wollte Braun wissen.

»Dass wir uns an die Presse wenden und Fotos im Internet veröffentlichen, ist der allerletzte Schritt. Das geschieht meistens erst ein paar Monate, nachdem der Tote aufgetaucht ist.«

»Aber warum denn nicht früher?«

»Meistens reicht es ja, wenn man in der näheren Umgebung herumfragt. Hat auch den Vorteil, dass man sicherstellen kann, dass die Leute davon erfahren. Mit der Zeitung oder Facebook und so weiter ist es ja doch eher Glückssache, ob jemand das Foto sieht. Außerdem hilft es uns, zunächst einigermaßen ungestört zu ermitteln. Vor allem wenn es um Mord geht.«

»Apropos. Was wissen wir denn über Todesursache und -zeitpunkt?«

Çoban schaute wieder in sein Notizbuch. »Schuss in die

Brust, fast direkt ins Herz. Die KTU hat auch schon die Tatwaffe identifiziert: eine Walther P38.«

»Irgendwie sagt mir das was«, meinte Braun. »Ist das so eine mit einem längeren Lauf? Die man aus alten Filmen kennt?«

»Ganz genau. Die P38 wurde bis Kriegsende über eine Million Mal hergestellt. Und damit sind wir auch schon beim Problem. Sie ist nämlich eine der meistproduzierten Handfeuerwaffen aller Zeiten. Und die Zahl der illegal kursierenden P38 dürfte nach wie vor in die Tausende gehen. Allein schon aus alten Wehrmachtsbeständen, Volkssturm und so weiter. Und auch nach dem Krieg war sie noch bei der Bundeswehr im Einsatz. Und bei der Polizei.«

»Dann wird die Tatwaffe kaum dazu taugen, den Täterkreis einzugrenzen.« Braun seufzte.

»Das Projektil war vom Kaliber neun Millimeter, genauer: Parabellum neun mal neunzehn Millimeter«, fuhr Çoban fort. »Laut Prägung in den Neunzigerjahren von Sellier & Bellot in der Tschechei hergestellt.«

»Und der Todeszeitpunkt?«, fragte Braun.

»Der lässt sich durch mikroskopische Analyse des Fliegenbefalls einigermaßen genau eingrenzen.«

»Huch?«, machte Wernersen. »Aber die Leiche war doch eingebuddelt, mit einer Schicht Beton drüber. Wie sind da denn Fliegen rangekommen?«

»Das ist gar nicht nötig«, erklärte Braun. »Die Fliegeneier haben wir alle in uns.«

»Erzählen Sie keinen Scheiß.«

»Sie können eine Leiche komplett in Plastik einschweißen, und trotzdem wachsen Maden«, sagte Çoban.

»Igitt!« Wernersen schaute angewidert auf Çobans Notizbuch.

Braun grinste, und Çoban fragte sich, was der Mann damals in seiner Ausbildung eigentlich gelernt hatte, bevor ihm einfiel, dass Wernersen ja gar kein Kriminalbeamter war.

»Und was ist jetzt mit dem Todeszeitpunkt?«, fragte Braun.

Er blätterte um. »Ab dem vierzehnten April. Spätestens logischerweise wohl am fünfzehnten, weil am sechzehnten frühmorgens das Betonfundament gegossen wurde. Da muss die Leiche ja spätestens dort vergraben gewesen sein.«

»Es sei denn, jemand hat das Fundament zwischendurch aufgehackt und später wieder Beton drübergegossen«, wandte Braun ein.

Çoban nickte. »Das ist richtig, aber laut unserer KTU scheint das nicht der Fall gewesen zu sein. In dem Zusammenhang sollten wir auch das Ehepaar befragen, also die Bauherren. Es wäre ja durchaus interessant, wer alles außer ihnen und der Baufirma davon wusste, wann genau da der Beton gegossen werden soll.«

»Sie meinen, wer auch immer den Toten in der Baugrube eingebuddelt hat, muss das gewusst haben?«, fragte Braun.

»Nicht unbedingt«, gab Çoban zu. »Das kann auch Zufall sein. Aber interessant wäre es schon.«

Braun nickte. Sie holte ihr Smartphone heraus, wischte und tippte darauf herum und sprach dann hinein: »Tod vierzehnter Komma fünfzehnter April Komma am sechzehnten Fundament gegossen Komma wer wusste von dem Zeitpunkt Fragezeichen.«

»Was war das denn?«, fragte Wernersen.

»So mache ich mir Notizen«, erklärte Braun. »Dann muss ich nicht so viel tippen.« Sie hielt ihm das Handy hin, und er besah sich interessiert das Display.

»Faszinierend.«

Çoban grinste in sich hinein.

»Da fällt mir noch was ein«, sagte er, »wer führt bei unseren Besprechungen denn eigentlich Protokoll? Übernehmen Sie das, Wernersen?«

»Protokoll?« Wernersen machte ein Gesicht, als hätte er dieses Wort noch nie gehört.

»Sicher, irgendjemand muss Protokoll führen. Was wir besprechen, muss doch nachher alles in meinen Bericht rein.«

Wernersen brummelte etwas Unverständliches, erhob sich und verließ das Zimmer.

»Wo wohnt das Bauherren-Ehepaar denn?«, wollte Braun wissen.

»Hamburg.«

»Ach so, das geht ja noch. Wenn Sie hier unten zur B 207 fahren und dann auf die Autobahn, brauchen Sie nur eine Dreiviertelstunde.«

»Das ist mir bewusst. Notfalls habe ich ein Navi.«

»Ist ja gut, ich wollte ja nur helfen.«

Wernersen kam zurück, einen Collegeblock in der Hand.

»Was ist das denn?« Çoban sah ihn entgeistert an. »Haben Sie kein Laptop?«

»Nee«, blaffte Wernersen. »Ist das schlimm?«

Çoban verdrehte die Augen. »Dann tippen Sie die Protokolle hinterher wenigstens ab, dann muss ich nicht später nachfragen, was dieses oder jenes Wort bedeutet. Da habe ich echt schlechte Erfahrungen gemacht.«

Wernersen verzog den Mund. »Was meinen Sie denn, wozu ich unten den Computer hab?« Er hatte wieder Platz genommen und murmelte leise vor sich hin, während er schrieb. »Ehepaar befragen wegen Baugrube ...« Er sah auf. »Sonst noch was?«

»Vielleicht noch eine Ergänzung aus der Rechtsmedizin«, sagte Çoban und blätterte eine Seite in seinem Notizbuch um. »Hier. Also, bei der Obduktion ist den Kollegen aufgefallen, dass der Tote ziemlich – nun ja, lädiert war.«

»Klar, von der Abrissbirne«, sagte Wernersen. »Oder meinen Sie, der Mörder hat ihn erst zusammengeschlagen?«

»Nein, lädiert im Sinne von Narben von alten Verletzungen. Am Rücken, an den Beinen.«

»Was heißt alt?«, fragte Braun. »Wie alt?«

»Das ist wohl nicht ganz klar, aber wahrscheinlich mehrere Jahre oder sogar Jahrzehnte. Ich hab ein paar Fotos auf dem Notebook, kann ich euch zeigen, wenn ihr wollt.«

Keiner der beiden ging darauf ein.

Es klopfte, und Frau Wernersen trat ein. »Kann ich abräumen? Möchte jemand Kaffee?«

»Gerne.«

Çoban war es unangenehm, sich so bedienen zu lassen, aber weder Wernersen noch Braun schienen etwas dagegen zu haben. »Schwarz, bitte«, sagte er, »danke.« Dann stellte er seinen Teller auf den von Braun, die neben ihm saß, und reichte beide Frau Wernersen hinüber, die schon dabei war, den Tisch abzuräumen.

»Dann machen wir nach dem Kaffee die Tour durch den Ort, oder?«, fragte Braun.

»Dafür ist es vielleicht noch ein bisschen zu früh«, gab Çoban zu bedenken. »Wir sollten das eher am späten Nachmittag machen, wenn die Leute von der Arbeit zurück sind. Sonst müssen wir überall doppelt klingeln.«

»Was meinen Sie, wie lange dauert das?«, fragte Braun.

»Gute Frage. Wie viele Haushalte gibt es hier, Wernersen? Zweihundert?«

»Keine Ahnung«, sagte Wernersen. »Hab ich noch nicht gezählt. Ja, vielleicht. Kommt hin.«

»Und das meiste Einfamilienhäuser?«

»Klar. Zwei Mehrfamilienhäuser gibt es, aber sonst schon.«

»Wenn wir bei jedem Haushalt zwei Minuten brauchen, plus Wege ... wären das vielleicht sechs Stunden. Wenn wir uns aufteilen also jeder zwei. Haben Sie eine Karte vom Ort?«

Wernersen nickte wortlos, stand auf und verließ das Zimmer. An der Tür stieß er beinahe mit seiner Frau zusammen, die ein Tablett balancierte.

Çoban half ihr, eine Warmhaltekanne, drei Becher, Kaffeelöffel und Porzellandöschen mit Milch und Zucker auf den Tisch zu stellen. Frau Wernersen lächelte ihn an und verschwand wieder.

Sie gossen sich Kaffee ein, Braun trank ihn mit Milch und Zucker, er schwarz.

»Meinen Sie wirklich, wir brauchen so lange?«, fragte Braun. »Drei Minuten pro Haus?«

»Ich glaube schon.«

Wernersen kam zurück. »Hier, der Bebauungsplan.« Er platzierte ein Blatt der Größe A3 mit dem Grundriss des Ortes samt aller Gebäude auf dem Esstisch.

Harmsbüttel war im Grunde sehr überschaubar. Von der Dorfstraße, die einmal quer durch den Ort führte, gingen noch vier weitere Straßen ab, die von Häusern gesäumt waren.

Man konnte erahnen, dass das Dorf einst nur aus ein paar Bauernhöfen rund um den Dorfteich bestanden und sich dann entlang der Dorfstraße weiter ausgebreitet hatte.

»Ist das hier das Neubaugebiet?« Çoban deutete auf eine schraffierte Fläche in der linken oberen Ecke des Plans, zwischen dem nordwestlichen Ausläufer der Dorfstraße und dem Wald, falls er die Symbole richtig deutete.

»Sollten wir da mal was einzeichnen? Den Fundort der Leiche?«, fragte Braun. »Das war doch da, oder wird sonst noch wo gebaut?«

»Klar war das da«, sagte Wernersen. »Gleich vornean.«

»Vielleicht können wir den Plan mal irgendwo aufhängen? Wo können wir eigentlich unsere Einsatzzentrale einrichten?«, fragte Çoban.

Wernersen machte eine unbestimmte Handbewegung. »Mein Büro ist dafür sicher zu klein. Vielleicht einfach hier?«

»Im Wohnzimmer?« Çoban sah sich skeptisch um.

»Warum denn nicht«, sagte Wernersen. »Wir essen eh meistens in der Küche.«

»Och, das kann doch ganz schnuckelig werden!« Braun grinste. »Ich bringe morgen ein Flipchart mit. Oder besser gleich zwei.«

Mangels Alternativen einigten sie sich also auf das Wohnzimmer, und nachdem Wernersen ein paar Buntstifte besorgt hatte, teilte er das Dorf unter ihnen auf. Er erklärte sich bereit, alle Harmsbütteler östlich des Dorfteichs zu befragen, Çoban und Braun nahmen den Westen, wo nach Norden und Süden jeweils zwei Straßen von der Dorfstraße abzweigten.

»Und wir verraten nichts über die Ermittlungen, sondern fragen nur, ob jemand den Mann kennt, korrekt?«

»Genau, Frau Kollegin«, bestätigte Çoban und holte zwei weitere Abzüge des Fotos aus der Tasche. »Beziehungsweise schon mal gesehen hat. Falls er hier umgebracht wurde, wird er ja nicht vom Himmel gefallen sein. Vielleicht ist er vorher durch den Ort gegangen. Oder mit dem Bus gekommen. Ein herrenloses Auto wurde ja offenbar nicht gefunden, oder?« Er sah Wernersen an.

Der schüttelte den Kopf.

»Gut«, sagte Çoban. »Also, möglich, dass ihn jemand in den Tagen vor dem sechzehnten April gesehen hat. Und denken Sie dran, möglichst allen Mitgliedern eines Haushalts das Foto zu zeigen.«

»Auch den Kindern?« Wernersen machte große Augen.

»*Gerade* den Kindern. Kinder beobachten manchmal richtig gut.«

»Und was sollen wir denen erklären, wer das auf dem Foto ist?«, wollte Wernersen wissen. »Ein Obdachloser, dem letzten Monat ins Herz geschossen wurde?«

Çoban zuckte die Schultern. »Das vielleicht nicht unbedingt. Da wird Ihnen schon was einfallen.«

»Schön«, sagte Braun. »Und wann fangen wir an?«

»Am besten so ab fünf«, schlug Çoban vor. Er sah auf die Uhr. Da hatte er wenigstens genug Zeit, um in Ruhe auszupacken. »Und wenn in einem Haushalt jemand fehlt, dem Sie das Foto nicht zeigen können, notieren Sie sich das bitte, damit wir da notfalls später nachhaken können. Natürlich auch, wenn niemand öffnet.«

»Und wann treffen wir uns wieder hier?«

»Weiß nicht«, sagte Çoban. »Halb neun? Neun?«

»Muss ich gucken«, sagte Braun. »Halb zehn ist für mich realistischer, ich muss die Kinder zur Schule fahren und dann ja noch in die Dienststelle, die Flipcharts holen.«

Çoban sah sie irritiert an. Dann fiel bei ihm der Groschen. »Ich meinte eigentlich heute Abend.«

Sie lachte unwillkürlich auf. »Sorry, nee, ich hab Mann und Kinder, normalerweise hätte ich um fünf Feierabend. Ich zeig gerne Einsatz, aber irgendwo sind ja auch Grenzen.«

Wernersen brummte zustimmend.

Çoban seufzte innerlich. »Okay, dann tauschen wir am besten noch Handynummern aus und treffen uns morgen Vormittag um zehn wieder hier.«

4

Nach dem Treffen bei Wernersen machte Çoban einen Spaziergang und schaute sich das Dorf an. Es gab eine Kirche mit Friedhof, einen kleinen Edeka, eine Autowerkstatt, ansonsten Einfamilienhäuser. Er lief die Dorfstraße hinunter bis zum Neubaugebiet, wo die Leiche gefunden worden war. An einem Schild, das verkündete, dass hier *Fa. Petersen & Sohn Grevshagen* baute, hing ein einsames Stück Flatterband und erinnerte daran, dass hier etwas vorgefallen war, aber die Spurensicherung war natürlich längst abgeschlossen.

Beim Neubaugebiet hörte der Ort auf, und der Wald begann. Auf der anderen Straßenseite stand, direkt am Waldrand, die Ruine eines ausgebrannten Einfamilienhauses. Das musste das Haus sein, in dem man damals das tote Mädchen im Keller gefunden hatte. Susanne Hansen.

Wahnsinn, dachte Çoban, dass das Haus noch steht, nach all den Jahren. Gehört das keinem?

Und direkt gegenüber wurden ein Dutzend neue Häuser hingestellt. Die alle auf den alten Tatort schauten.

Alter Tatort und neuer Tatort, direkt einander gegenüber. Fundort, korrigierte er sich im Geiste. Neuer Fundort.

Çoban betrat das Grundstück mit der Ruine. Der Garten war komplett verwildert, die Steinplatten, die vom teils eingefallenen Jägerzaun zum Haus führten, waren von den Wurzeln der Pflanzen aus dem Sandbett gehoben worden. Man konnte gerade noch ahnen, wo die Haustür gewesen war. Er trat an die Schwelle und sah hinein. Überall lagen rote Dachziegel. Mehrere Wände waren in sich zusammengestürzt. Hier und da, wo der Wind Erde in die Ruine geweht hatte, waren Beton und Ziegel grün überwuchert.

Wirklich erstaunlich, dass sich niemand darum kümmerte, das hier abzureißen und etwas Neues zu bauen. Das nächste Haus war ein Stück weg, und da vorne begann der Wald, aber dennoch waren die Dorfbewohner sicher alles andere als begeistert, wenn sie das hier sahen. Zumal es alle, die hier entlangkamen, daran erinnern musste, was damals in diesem Haus geschehen war.

Der Marsch zurück zur Pension dauerte keine zehn Minuten.

Kurz vor fünf schnappte er sich dann das Foto und seinen Notizblock und machte sich auf, die Häuser abzuklappern.

Es ging schneller als gedacht. Die meisten Harmsbütteler waren zu Hause, wo sollten sie um diese Zeit auch sein.

Alles in allem schienen ihm die Leute wenig gesprächig. Mehrmals weigerten sich die Leute, ihre Kinder auf das Foto gucken zu lassen. Bei vielen hatte er den Eindruck, dass sie sich das Bild nicht einmal richtig anschauten und ihn am liebsten sofort abgewimmelt hätten. Wenige Leute begegneten ihm mit einem Mindestmaß an Freundlichkeit, mitunter spürte er geradezu unverhohlene Abneigung.

Bei einem grobschlächtigen Mittfünfziger mit Stiernacken hatte Çoban das Gefühl, er hätte ihm am liebsten eine reingehauen dafür, dass ein Polizist seinen heiligen Feierabend störte. Zwar stockte er kurz, als er das Foto sah, aber dann sagte er: »Ich weiß nichts. Tschüs«, und knallte die Tür zu. *Hartmann* verriet die Schnörkelschrift auf einem Türschild aus Salzteig, wie Çoban erstaunt feststellte. Ein passender Name für den Burschen, aber ein extrem unpassendes Schild.

Aktionen wie diese gehörten zu seiner Routine, aber so viel Ablehnung und Einsilbigkeit wie hier hatte er selten erlebt. Er war allerdings auch selten in einem Ort mit fünfhundert Einwohnern unterwegs. Auf jeden Fall waren die Harmsbütteler nicht halb so neugierig, wie er erwartet hatte. Andererseits hatten die Leute an einem Ort wie diesem sicherlich besonders große Probleme damit, wenn ein Verbrechen die Dorfidylle störte.

Ein einziges Mal rief jemand sofort: »Den hab ich schon mal gesehen!« Das war ein etwa achtjähriger Junge, aber die Mutter sagte: »Der flunkert sich bloß was zurecht.« Und als Çoban dem Jungen das Foto noch einmal vors Gesicht hielt und fragte: »Bist du sicher?«, da sagte der Junge: »Nö«, und lief weg.

Das seltsamste Erlebnis war ein etwa sechzigjähriger Mann, der ihm sofort die Tür vor der Nase schloss, als Çoban sagte, wer er war, aber nach zehn Sekunden wieder öffnete, eine FFP2-Maske im Gesicht und sagte: »Kontrolliert jetzt schon das LKA, ob wir uns an die Maßnahmen halten?« Das Foto des Toten sah er sich kaum an.

Kurz nach acht war er zurück in der Pension und aß in der Gaststube zu Abend. Zwei Gerichte standen zur

Auswahl: Wildschweingulasch und Königsberger Klopse. Çoban hatte eine Schwäche für Wild, aber er hatte weder vor, der Wirtin zu erklären, warum er als Muslim nun also doch Schweinefleisch aß, noch Lust auf eine Diskussion, ob Wildschweine denn vielleicht gar nicht Schweine seien und wie viel Sinn es überhaupt mache, dem Menschen das eine Tier essen zu lassen und ihm ein anderes zu verbieten.

Also entschied er sich für die Königsberger Klopse, die, wie die Wirtin auch umgehend mit einem Augenzwinkern vermeldete, »richtig schön aus Kalb« waren, und hatte so den direkten Vergleich: Mit der Küche von Frau Wernersen konnte die Wirtin leider nicht ganz mithalten.

Er ging auf sein Zimmer und legte sich angezogen auf das Bett. Eine steinharte Matratze, das fand er eigentlich ganz sympathisch. Auf jeden Fall besser als so ein weiches, durchgelegenes Uralt-Gerät, bei dem man jede Sprungfeder einzeln spürte. Es roch ein wenig muffig im Zimmer, er riss das Fenster auf und schloss es nach zwei Minuten wieder. Jetzt ging es. Vielleicht hatte er sich aber auch einfach schon an den Geruch gewöhnt.

Zwei Romane lagen auf dem Nachttisch, beide Autorinnen sagten ihm nichts, die Buchhändlerin hatte aber beide Bücher in den höchsten Tönen gelobt. Er nahm eines in die Hand und legte es gleich wieder weg.

Ein Röhrenfernseher stand auf dem Tisch unter dem Spiegel, ein tragbares Gerät, noch mit 4:3-Bild. Seine Netflix-Serie konnte er wohl höchstens auf dem Notebook weiterschauen. Aber ohne WLAN ging ja auch das nicht.

Na toll. Willkommen in Harmsbüttel.

Früher

»Los, friss auf!«

»Stell dir vor, du bist 'ne Kuh!«

»Nee, dann schmeckt es ihm nachher noch!«

Leo und Hansi lachen sich über ihre Sprüche halb tot.

Er liegt auf dem Rücken im Gras auf der Wiese hinterm Heim, Thorsten drückt ihm die Knie auf die Oberarme, sodass er sich nicht bewegen kann. Es tut so weh, dass ihm die Tränen die Schläfen hinablaufen. Hansi und Leo halten ihm die Beine fest.

Beatrix sitzt daneben, rupft Gras ab und stopft es ihm in den Mund. Er hustet, und ihm ist schlecht, er hat Sand zwischen den Zähnen. Er kaut und schluckt, um den Mund frei zu bekommen. Aber sie hört nicht auf.

»Wisst ihr, was ich glaube?«, fragt Beatrix. »Der ist gar kein Waise, der ist nur so eklig, dass seine Eltern ihn nicht mehr wollten.«

»Glaub ich auch«, kräht Thorsten. »Der stinkt.«

»Ja, und der sieht total eklig aus.«

»Wisst ihr was? Bei so einem feinen Festmahl muss man auch was Gutes trinken«, sagt Thorsten, sammelt geräuschvoll Spucke im Mund und lässt sie, dick und weiß, am Ende eines langen Fadens auf ihn heruntertropfen.

Er sieht Thorstens Gesicht, es ist verzerrt von Wut und Spaß. Die Augen scheinen doppelt so groß wie sonst. Er stellt sich vor, wie diese Augen aus den Höhlen treten, immer weiter, bis sie herunterfallen und an zwei Fäden baumeln wie die Spucke aus seinem Mund, die immer näher kommt.

Er will schreien, aber er hat den Mund immer noch voll Gras, er reißt den Kopf zur Seite. Die Spucke trifft ihn auf der Wange, und da kommen die dicken Finger von Beatrix, sie hat wieder Gras abgerissen, und sie wischt damit die Spucke auf und stopft ihm den Batzen in den Mund, der noch voll ist von der letzten Portion.

Er spürt, wie er brechen muss, und dann schießt es hoch und läuft ihm durch den Mund und durch die Nase, es brennt.

Die anderen lassen ihn los, Beatrix kreischt. Auf einmal ist er frei, und er denkt, jetzt bin ich so eklig, dass sie mich nicht mal mehr anfassen wollen, und das findet er aus irgendeinem Grund so witzig, dass er lachen muss, und er lacht und hustet und lacht und lacht, bis er nur noch nach Luft schnappt.

»Der hat ja 'nen Triller«, *ruft Beatrix.*

»Völlig verblödet«, *sagt Leo, holt mit dem Fuß aus und tritt ihm in die Seite.*

Und da muss er wieder lachen, und es tut weh, und er bekommt keine Luft, und er hustet und würgt.

Erst als sie weg sind und er immer noch daliegt, wird aus dem Lachen ein Weinen, die Tränen laufen, und dann denkt er: Wenn ich jetzt sterbe, ist endlich alles gut.

5

Als Çoban die Augen aufschlug, brauchte er einen Moment, um sich daran zu erinnern, wo er war.

Harmsbüttel.

Er spürte ein leichtes Pochen im Kopf. Eigentlich hatte er gar nicht einschlafen wollen.

Er sah auf sein Smartphone. 23:06 Uhr.

Fanta Braun hatte ihn zu einer WhatsApp-Gruppe hinzugefügt, die den Titel trug »Ermittlung Harmsbüttel«, einziges weiteres Mitglied: Raimund Wernersen.

Ihm war so, als hätte er gerade noch an die Kollegin aus Ratzeburg gedacht. Hatte er von ihr geträumt? Aber was war denn bitte Fanta für ein Spitzname? In einem beruflichen Chat war so etwas ja eher ungewöhnlich.

Sie hatte um 19:55 Uhr eine Nachricht geschrieben:
Leider nichts herausgefunden fahre jetzt nach Hause

Von Wernersen war keine Antwort gekommen, was darauf hindeutete, dass auch er keine bahnbrechenden Erkenntnisse zu bieten hatte.

Çoban überlegte, ob es unhöflich war, jetzt noch zu antworten. Er beschloss, dass es noch unhöflicher war, gar nicht zu antworten.

Bei mir leider auch nichts, bis morgen!

Er zog sich aus, ging ins Bad, putzte sich die Zähne, legte sich ins Bett.

Niemand schien den Mann zu kennen. Was bedeutete

das? War es in einem solch kleinen Ort möglich, durch die Straßen zu laufen, ohne dass einen jemand wahrnahm? Und wie war er überhaupt hergekommen? Ein herrenloses Auto oder Fahrrad war nicht gemeldet worden. Vielleicht mit dem Bus? Aber der Bus, der hier zweimal am Tag hielt, wurde sicher von vielen Leuten genutzt, gerade älteren. Da stieg man hier bestimmt nicht allein ein und aus. Andererseits trug man im Bus einen Mund-Nase-Schutz, da blieb man ja doch ein wenig anonymer. Dennoch, dass ein Fremder im Ort herumlief, dass einer aus dem Bus ausstieg, den keiner kannte, ausgerechnet hier – er konnte sich das nicht so recht vorstellen.

Naheliegender war, dass der Mord ganz woanders stattgefunden und jemand die Leiche hierhergebracht hatte. Weil man sie unter dem Fundament eines Hauses für immer verschwinden lassen konnte. Was ja auch beinahe geklappt hätte.

Çoban nahm sein Notizbuch und schrieb sich ein paar Stichpunkte für den nächsten Tag auf.

Ein Blick aufs Smartphone verriet ihm, dass es halb zwölf war. Er stellte den Wecker auf sieben. Um acht gab es Frühstück – viel zu spät für seinen Geschmack –, und vorher wollte er noch eine Runde laufen gehen.

Er löschte das Licht, und dann lag er wach.

Ohne den Lärm von Autos vor dem Fenster konnte er nicht gut einschlafen. Meeresrauschen taugte auch noch als Alternative. Aber hier war nichts als Stille. Eine dunkle, körperlose Stille, die ihn aufzusaugen schien. Er hörte das Blut in seinen Ohren.

Er zog sein Smartphone aus der Tasche. Es gab doch sicherlich Seiten im Internet, auf denen sich Menschen wie er acht Stunden lang Verkehrslärm anhören konnten. Oder wenigstens ein Video auf YouTube.

Nach zehn Sekunden ließ er es wieder sinken. Das bisschen Internetempfang, das er hier hatte, reichte gerade einmal für WhatsApp.

Er sah die Wirtin vor sich. *Und wie lange werden Sie bleiben?* Eigentlich hatte er gehofft, dass er morgen oder übermorgen hier fertig wäre. Dass sich sofort jemand melden würde, der den Toten nicht nur kannte, sondern der ihn auf dem Gewissen hatte und der dieses Gewissen jetzt erleichtern wollte.

Nun, derjenige hatte jetzt schon einen ganzen Tag Zeit gehabt. Oder diejenige. Na ja, realistischerweise wohl eher derjenige. Meistens war es derjenige. Und bei einem Schuss ins Herz mit einer alten Nazi-Pistole erst recht.

Çoban starrte im Dunkeln an die Zimmerdecke, wo hin und wieder das rote Lämpchen des Rauchmelders blinkte.

Seltsam, obwohl das Dorf, in dem er selbst aufgewachsen war, gar nicht viel größer als Harmsbüttel war, fühlte er sich hier wie ein Fremdkörper. Als gehöre jemand wie er nicht hierher. Wobei ihm selbst nicht ganz klar war, was er damit meinte, jemand wie er. Jemand mit türkischen Eltern? Mit dunklerem Teint? Jemand, der die Abgase der Großstadtluft dem Güllegeruch auf dem Land vorzog?

So fremd hatte er sich lange nicht mehr gefühlt.

Später

»*Haben Sie als Kommissar sich da denn sehr – sagen wir mal: angefeindet gefühlt?*«

»*Nein, nein. Das waren nur ein paar skeptische Blicke, wie gesagt.*« Çoban sieht aus dem Fenster. *Die Kieler Innenstadt ist weiß, über Nacht hat es geschneit.*

»*Haben Sie das als Kind und Jugendlicher auch schon erlebt? Skeptische Blicke?*«

»*Logisch. Als Türke in der holsteinischen Provinz? Wir waren schon Exoten.*«

»*Das klingt ja fast positiv.*«

»*Finden Sie? Gut, ein bisschen vielleicht schon. Darf ich jetzt über den rüber?*«

»*Ja, und dann ist meine Figur raus. Haben Sie als Kind kein Halma gespielt?*«

»*Keine Ahnung, nee, glaub ich nicht.*«

»*Was denn dann?*«

»*Räuber und Gendarm.*« Çoban *lacht auf.* »*Nee, Quatsch. Monopoly, daran kann ich mich erinnern. Und an Pişti und Backgammon.*«

»*Wo sind Sie denn eigentlich genau aufgewachsen?*«

»*In einem Dorf bei Lübeck, da wohnt mein Vater heute noch. Da waren wir die einzigen Ausländer weit und breit. Aber da hat mir noch keiner ›Ali‹ oder ›Kümmel‹ hinterhergerufen.*«

»*Ach so? Aber später dann wohl doch?*«

»*Ja, in Lübeck auf der Realschule. Aber ich fand das nicht so schlimm, und das ging auch nicht allzu lange so, wir bekamen einen Neuen in die Klasse, der hieß Friedhelm und war dick, also so richtig. Und ab da hat mir niemand mehr irgendwas hinterhergerufen.«*

»Weil die anderen eine neue Zielscheibe hatten?«

»Klar, ich meine, allein der Name, und dann hat er immer so geschwitzt, logisch, dass wir uns den vorgeknöpft haben.«

»Sie sind übrigens dran.«

»Ah, ja klar. Na toll, was soll ich da denn machen? Hm. Okay, hier.«

»Das war nichts. Die zwei von Ihnen sind raus. Tut mir leid.«
»Mist!«

»Und dann haben Sie und die anderen Jungen alle zusammen den dicken Friedhelm gemobbt?«

»Ach, gemobbt würde ich das jetzt nicht nennen. Gepiesackt vielleicht. Auf jeden Fall gehörte ich spätestens ab da bei den anderen irgendwie dazu.«

»Erinnern Sie sich an etwas Spezielles?«

»Moment. Na klasse, das geht auch nicht. Ich fürchte, das war's.«

»Ja, Sie haben recht. Hier.« Sie nimmt ihm seinen letzten Spielstein. »So, mein lieber Herr Çoban, der Sack ist zu, wenn man so will. Und jetzt? Noch eine Partie?«

»Ach, das lohnt ja schon gar nicht mehr, ist ja schon fast halb.«

»Sie wollten noch erzählen, was Sie mit Friedhelm angestellt haben«, sagt Dr. Lieberg munter.

6

Freitag, 14. Mai 2021

In der Gaststube warteten auf Çoban zwei Scheiben Gouda, eine kleine Plastikpackung Himbeerkonfitüre und eine mit Honig, zwei Päckchen Butter und zwei für diesen trostlosen Kontext erstaunlich leckere Weizenbrötchen. Sogar der Filterkaffee war okay, nicht sehr lecker, aber wenigstens nicht zu schwach. So begann der Tag schon einmal besser, als er zu hoffen gewagt hatte. Als er beim zweiten Brötchen war, kam eine WhatsApp von Fanta Braun:

Guten Morgen! Raus aus den Federn

Çoban schüttelte den Kopf. Dass Leute mit Kindern immer glaubten, alle anderen würden bis in die Puppen im Bett liegen. Er überlegte kurz, was er antworten sollte, aber ihm fiel nichts Witziges ein. Er schloss WhatsApp wieder, ohne zu antworten.

Stattdessen holte er sein Notizbuch aus der Umhängetasche, die am Tischbein lehnte. Er hatte sich irgendwo die Nummer des Hamburger Ehepaars notiert, dem die Baugrube und damit der Fundort der Leiche gehörte. Vielleicht waren die ja auch früh wach.

Sie waren. Wie sich herausstellte, war Frau Landmann Lehrerin, und heute war in Hamburg der letzte Ferientag. Ihr Mann arbeitete im Homeoffice. Das passte ja perfekt. Er kündigte sich für den späten Vormittag an.

Als er sein Handy wieder eingesteckt hatte, trat die Wirtin an den Tisch. »Ich hab hier was für Sie.«

Sie hielt ihm einen Briefumschlag hin. Was war das, seine Rechnung? Er wollte doch noch gar nicht abreisen. Schön wär's.

»Das lag eben vorne auf dem Tresen, steht Ihr Name drauf.«

Er drehte den Umschlag um. Tatsächlich, mit Kugelschreiber in ungelenken Großbuchstaben: *COBAN*. Fast richtig, immerhin.

So würde ein Deutscher vielleicht den Namen aus dem Gedächtnis schreiben, wenn er nur kurz einen Blick darauf geworfen hatte. Als ihm ein LKA-Beamter seinen Dienstausweis gezeigt hatte, zum Beispiel, um zu erfahren, ob er den Mann auf dem Foto hier schon einmal gesehen habe.

»Und Sie wissen nicht, von wem das ist?«

»Nein«, sagte die Wirtin. »Vorhin war der noch nicht da. Muss einer hingelegt haben.

»Aha.«

»Wollen Sie den Brief denn nicht aufmachen?«

»Doch.«

»Noch einen Kaffee?«

»Nein, vielen Dank.« Er hätte zwar gerne noch einen Kaffee gehabt, aber noch lieber wollte er den Briefumschlag öffnen. Ohne dass ihm jemand dabei über die Schulter sah.

Der Umschlag war zugeklebt. Es war ein ganz normaler weißer A6-Umschlag ohne Sichtfenster. Çoban steckte den kleinen Finger in die Öffnung seitlich an der Lasche und trennte vorsichtig die obere Kante auf.

Ein Foto.

Nichts als ein Foto. Ein altmodischer Abzug, 10 mal 15 Zentimeter. Mehrere Personen waren darauf zu sehen. Fünf Jungen, sie sahen aus wie vierzehn, fünfzehn Jahre alt, nur einer schien ein wenig älter, vielleicht achtzehn. Enge T-Shirts und kurze Hosen.

Die Farben des Fotos waren ausgeblichen, der Abzug war definitiv älteren Datums. Soweit er das beurteilen konnte, mussten Kleidung und Frisuren aus den Siebzigern stammen.

Er drehte das Foto um. Nichts, kein Hinweis, wen das Foto darstellte oder was das Ganze sollte.

Wer zum Teufel hatte ihm diesen Abzug zukommen lassen? Und warum?

7

Um halb zehn saßen sie zu dritt im Wohnzimmer der Wernersens, diesmal nicht am Esstisch, sondern in der Sofaecke, und blickten auf die großen weißen Blätter zweier Flipcharts, die Braun aus ihrer Ratzeburger Dienststelle mitgebracht hatte.

Sobald Frau Wernersen Kaffee gebracht und den Raum wieder verlassen hatte, holte Çoban das Foto aus seiner Umhängetasche und legte es zwischen die beiden anderen auf den Couchtisch.

Braun und Wernersen machten große Augen.

»Was ist *das* denn?«, fragte Braun.

»Das«, sagte Çoban, »wurde mir heute Morgen im *Büttelkrog* auf den Tresen gelegt.«

»Wo?«, fragte Braun.

»*Büttelkrog*. Da wohne ich. Aber da frage ich mich natürlich: Wer weiß denn das überhaupt?«

»Na ja«, sagte Wernersen, »wo sollen Sie denn hier sonst wohnen? Außerdem ist Friederike auch nicht gerade der schweigsamste Mensch, sag ich mal.«

»Kann das nicht einfach eine Verwechslung sein?«, fragte Braun Çoban.

»Kaum. Auf dem Umschlag stand mein Name.«

Wernersen nahm das Foto in die Hand, betrachtete es, drehte es um und besah sich die Rückseite. Dann schüttelte er den Kopf und gab es an Braun weiter.

»Sieht alt aus«, sagte sie. »Anfang der Achtziger?«

»Denke ich auch«, bestätigte Çoban. »Oder sogar Siebziger. Schade, dass kein Datum drauf ist. Aber interessanter ist wohl, wer darauf zu sehen ist.«

Beide sahen Wernersen an.

»Woher soll ich das wissen?«

»Ich gehe mal davon aus, dass das irgendjemand hier aus dem Ort ist.«

»Wicso?«

»Das liegt doch auf der Hand, ich meine …« Çoban brach ab. Im Prinzip hatte Wernersen gar nicht so unrecht. War das nicht eine etwas vorschnelle Einschätzung?

»Sehen Sie sich das Foto doch noch mal genau an, Herr Wernersen«, sagte Braun. »Können Sie … Ach Kinners«, unterbrach sie sich selbst, »das ist doch albern mit dem Gesieze. Wollen wir uns nicht duzen?«

Wernersen sah zu Braun, dann zu Çoban. Dann nickte er. »Raimund.«

»Taifun«, sagte Çoban. »Wie der Wirbelsturm, nur halt vorne betont.«

»Und ich bin Fanta«, sagte Braun. »Fanta wie Cola.«

»Ernsthaft?« Wernersen sah sie erstaunt an. Dann kicherte er.

»Meine Eltern haben beim Missionswerk gearbeitet, ich bin im Senegal geboren. Da ist das ein ganz verbreiteter Vorname. Fanta bedeutet: schöner Tag.«

Çoban war nicht nach Kichern zumute, den Namen Raimund fand er im Grunde viel lächerlicher.

»Was haltet ihr denn von der Theorie, dass einer von

denen unser Mordopfer ist?«, fragte Braun. Sie holte das Foto des Unbekannten aus ihrer Tasche und legte es auf dem Couchtisch neben Çobans Foto.

Alle drei beugten sich darüber.

»Vielleicht der hier?« Wernersen tippte auf einen braunen Lockenkopf in grünem T-Shirt.

»Nicht eher der hier?« Braun wies auf einen Jungen mit Bürstenschnitt, der als Einziger nicht in die Kamera schaute.

Çoban neigte sich vor und studierte das Foto. Zu dumm, dass der Tote einen Bart hatte. Und hoffentlich sah der Mann auf dem Foto tatsächlich einigermaßen so aus wie vor seinem Tod, und die Kollegen hatten nichts hinmodelliert, was anders aussah als vorher. Immerhin hatte man der Leiche mit schwerem Gerät den Oberkörper und das Gesicht zertrümmert. Vielleicht hatte er vorher eine schiefe Nase gehabt, und jetzt war sie gerade? Aber selbst dann – auch einen Fremden mit schiefer Nase musste doch jemand gesehen haben.

»Vielleicht will uns einer verarschen«, sagte Braun.

»Inwiefern?«, fragte Çoban.

»Vielleicht will uns jemand nur dazu bringen, dass wir mit dem Foto hier schon wieder alle Häuser abklappern. Dabei hat das Foto gar nichts mit uns zu tun und stammt ganz woandersher.«

»Und dann macht sich derjenige die Mühe, irgendwo konspirativ einen Umschlag zu platzieren?« Wernersen schüttelte den Kopf. »Das glaubst du doch selber nicht.«

»Vielleicht ist das Foto ja auch eine falsche Fährte«, sagte

Braun. »Um uns bewusst abzulenken. Damit wir hier ewig über diese Gesichter herumrätseln, was gar nichts bringt.«

»Das würde ja nur Sinn machen«, warf Wernersen ein, »wenn jemand von hier der Täter ist. Aber hier bei uns im Dorf ... Ich kenn doch die Leute.«

Çoban lächelte freudlos. »Dir ist schon klar, dass man einem Mörder nicht an der Gesichtsform ansieht, dass er ein Mörder ist? Oder an der Hakennase?«

Wernersen hob gerade zu einer Erwiderung an, als Braun sich einschaltete. »Falls die Jungs wirklich aus Harmsbüttel stammen, müsstest du dich dann nicht an sie erinnern, Raimund? Wenigstens ganz vage?«

Wernersen schüttelte den Kopf. »Ich bin ja gar nicht von hier. Also schon von hier, aber nicht von *hier*.«

»Wie jetzt?«, fragte Çoban.

»Ich bin in Grevshagen aufgewachsen. Mit den Harmsbüttelern hatten wir damals nicht viel zu tun.«

»Aber ist das nicht der nächste größere Ort? Gehen die Kinder von hier nicht in Grevshagen zur Schule?«

»Damals hatten wir hier noch eine Grundschule. Aber klar, wer auf die Realschule ging. Die war in Grevshagen. Gymnasium in Ratzeburg. Ich war auf der Realschule.«

»Und von da kannst du die nicht kennen?«

»Nee. Die sind ja auch ein Stück älter als ich. Ich bin Jahrgang vierundsiebzig. Wenn das Foto noch aus den Siebzigern ist, war ich da noch richtig lütt. Und wenn die in Grevshagen auf der Realschule waren, waren die ja mehrere Klassen über mir, da hätte ich die auch nicht gekannt.«

Çoban staunte. Er hätte Wernersen locker für Mitte, Ende fünfzig gehalten.

»Trotzdem, vielleicht erinnern die dich ja an irgendwen, der *heute* in Harmsbüttel wohnt? Wenn das Foto von Ende der Siebziger stammt und die darauf um die fünfzehn sind, sind sie ungefähr Jahrgang fünfundsechzig. Also heute Mitte fünfzig.«

»Hmm. Kann ja auch jemand sein, der heute nicht mehr in Harmsbüttel wohnt. Ist ja nun nicht so, dass die Leute hier geboren werden, hier wohnen und hier sterben.«

»Aber einige doch sicher.«

»Ja. Zum Beispiel meine Frau ist hier aufgewachsen.«

»Dann sollten wir der das Foto vielleicht auch mal zeigen«, schlug Braun vor.

Wernersen nahm das Foto, stand auf und verließ wortlos den Raum.

Es war einen Moment lang still. Braun nahm ihr Smartphone in die Hand und tippte darauf herum. Çoban sah sich um. Wirklich eine scheußliche Einrichtung. Dass die zwei gerahmten Kunstdrucke keine röhrenden Hirsche zeigten, sondern Dünen und Meer, machte es nur unwesentlich besser.

Wernersen kam wieder und schwenkte das Foto. »Meine Frau sagt, sie erkennt da niemanden drauf. Schade!« Er nahm Platz. »Und was machen wir als Nächstes?«

»Wir sollten uns erst mal mit den Dingen beschäftigen, die wir wissen«, sagte Çoban. »Zum Beispiel mit der Tatwaffe.«

»Walther P38«, sagte Braun.

Çoban nickte. »So verbreitet diese Waffe auch war beziehungsweise ist: Vielleicht können wir hier ansetzen.«

»Wie denn?«

»Wir sollten uns mal umhorchen. Wessen Vater oder Opa war bei der Wehrmacht und hat seine Waffe nach dem Krieg vielleicht hinterm Küchenschrank versteckt?«

»Klingt genau wie die Art Plauderei, mit der man im Dorf total gut ankommt.« Braun grinste.

Wernersen lachte kurz und freudlos.

»Wir sind nicht hier, um gut anzukommen«, sagte Çoban, »ich zumindest nicht. Ich möchte einen Mord aufklären, das ist alles.« Er sah erst Wernersen, dann Braun an.

Die winkte ab. »Ist doch klar. Aber wenn man sich vornimmt, dabei ein bisschen nett zu sein, kann das sicher nicht schaden, oder? Zumindest sollte man es sich mit den Leuten nicht gleich am Anfang verderben.«

Sie lächelte Çoban an, und er versuchte zurückzulächeln, aber so ganz gelang es ihm nicht.

»Was ist denn eigentlich mit der Beisetzung?«, fragte Braun. »Ich habe ja nicht so oft mit Mordermittlungen zu tun, aber heißt es nicht, dass bei der Beerdigung eines Ermordeten öfter mal der Mörder auftaucht?«

»Das kommt schon vor«, sagte Çoban, »aber sicher nicht sehr häufig. Und wenn, dann vor allem deshalb, weil die meisten Ermordeten ja von jemandem aus ihrem nächsten Umfeld umgebracht worden sind. Und im Falle unseres unbekannten Toten erledigt sich diese Überlegung von selbst.«

»Wieso?«

»Weil er natürlich von Amts wegen bestattet wird.«

»Ach ja«, sagte Braun. »Ist ja logisch.«

»Was ist logisch?«, fragte Wernersen. »Was heißt denn das genau: von Amts wegen bestattet? Ist mir hier in der Gegend noch nicht untergekommen.«

»Das glaube ich gerne«, sagte Çoban. »Stell dir vor, jemand stirbt und hat keinerlei Angehörige. Oder Freunde.«

»So was gibt's bei uns eigentlich nicht.«

»Das passiert öfter, als du denkst. Es gibt auch den Fall, das sich der Tote mit allen, die er kannte, verkracht hatte. Das Ergebnis ist dasselbe: Niemand will für die Beerdigung zahlen.«

»Tja.«

»Aber die Leiche kann ja schlecht ewig in der Gerichtsmedizin oder beim Bestatter rumliegen. Also muss das Amt einschreiten und den Toten bestatten lassen. Und genau das wird auch bei unserem Kandidaten hier stattfinden, sobald wir mit ihm durch sind. Er wird dann eingeäschert, weil das die günstigste Form der Bestattung ist, und in einem anonymen Urnengrab beigesetzt. Außer der Tote hatte eine private Bestattungsvorsorge, dann kann es auch mal ein richtiges Grab geben. Aber wenn er nicht zu identifizieren ist, natürlich nicht.«

»Und das Ganze zahlt dann der Steuerzahler.« Wernersen machte ein Gesicht, als bedeutete das, dass man ihm persönlich in die Tasche langte.

»Nicht unbedingt«, räumte Çoban ein. »Wenn es Angehörige gibt, die sich nur geweigert haben, zu bezahlen, dann bekommen die hinterher vom Ordnungsamt die

Rechnung zugeschickt. Aber auch das trifft in unserem Fall ja eher nicht zu.«

»Schade«, sagte Braun und grinste. »Ich hätte mich gerne auf die Lauer gelegt, ob sich eine dunkle Gestalt hinter irgendwelchen Friedhofsbäumen rumdrückt.«

Beinahe hätte Çoban auf die Uhr gesehen. Er war eigentlich nicht hergekommen, um zu plauschen oder Witzchen zu machen. »Ich hatte noch einen Gedanken, was dieses Foto hier betrifft.« Çoban zeigte auf den Abzug mit den fünf Jugendlichen. »Stammt das nicht in etwa aus der Zeit, als sich diese tragische Geschichte mit der kleinen Susanne Hansen ereignet hat?« Er sah Wernersen an. »Wann war das noch, 1980?«

Wernersen brummte etwas, das wie Zustimmung klang, aber ganz sicher war Çoban sich nicht.

»Wie bitte?«

»Kann schon sein«, sagte Wernersen.

»Moment mal«, warf Braun ein. »Das sagt mir was. Meinst du das Mädchen, das in einem Keller gefangen gehalten wurde? Und das erstickt ist, als das Haus abgebrannt ist?«

»Genau«, bestätigte Çoban.

»Krass, das war *hier*? In Harmsbüttel?« Braun war sichtlich verblüfft. »Ging es da nicht um einen Maler?«

»Ja, Falk Richertz.«

»Aber Sie meinen doch nicht im Ernst, dass das eine mit dem anderen zu tun hat?«, fragte Wernersen.

»Waren wir nicht schon beim Du?« Braun grinste. »Hast du von dem Fall damals was mitbekommen, Raimund?«

Wernersen sah sie an, als hätte sie den Verstand verloren. »Da war ich sechs!«

»Ist ja schon gut, sorry, dass ich gefragt hab.«

»Nein, tut mir leid.« Wernersen klang jetzt etwas freundlicher. »Hast ja recht. Ich weiß nicht mehr, ich glaube nicht, dass meine Mutter da groß drüber gesprochen hat. Wir haben ja in Grevshagen gewohnt. Vielleicht habe ich davon auch erst in der Ausbildung gehört.«

»Auf jeden Fall wurde die Sache viel zu schnell zu den Akten gelegt«, sagte Çoban. »Der Mann war höchstwahrscheinlich mit einem Hammer erschlagen worden, bevor sein Haus angezündet wurde. Man fand die Überreste des Hammers in der Nähe der verbrannten Leiche.«

»Stimmt, ich erinnere mich«, sagte Braun. »Alles, was es sonst an Spuren hätte geben können, war durch die Löscharbeiten zerstört worden. Zeugen: keine.«

Çoban nickte. »Aber das Mädchen im Keller war real. Die hatte Richertz gefangen gehalten und missbraucht, fast ein Jahr lang. Und dann ist sie erstickt.«

»Furchtbar.«

»Immerhin musste sie nicht lange leiden, als sie starb«, sagte Wernersen. »Bei einer Rauchvergiftung wird man sehr schnell bewusstlos. Dass man erstickt, kriegt man gar nicht mehr richtig mit.«

»Stimmt«, bestätigte Çoban.

»Das war einer der Lieblingsfälle von Kaan«, sagte Braun. »Hattest du den auch?«

»Kaan? Ja klar«, bestätigte Çoban knapp. KHK Rolf Kaan war so etwas wie sein Mentor gewesen. Nach dem

Ausscheiden aus dem aktiven Kriminaldienst war er an die Fachhochschule für Verwaltung und Dienstleistung in Altenholz gegangen, wo die Polizistinnen und Polizisten für den gehobenen Dienst ausgebildet wurden. Inzwischen war er sicherlich in Pension. »Seltsam, dass du ihn noch im Studium gehabt hast, wie alt bist du, Mitte dreißig?«

»Achtunddreißig. Aber stimmt, ich glaube, er war da sogar schon pensioniert und hat den Cold-Case-Kurs noch als Emeritus weitergemacht.«

Çoban nickte. Der Fall war gegen Kaans Einwände zu den Akten gelegt worden. Dass Çoban sich an Details erinnerte, lag daran, dass er damals nach Feierabend öfter mit Kaan zusammengesessen hatte, beim Kaffee, beim Bier. Kaan war wie ein väterlicher Freund für ihn gewesen, und er war es auch, der Çoban später ans LKA vermittelt hatte. Er musste ihn mal wieder besuchen.

»Aber sag mal«, unterbrach Braun Çobans Gedankengang, »was soll das mit unserem aktuellen Fall zu tun haben?«

Çoban nahm den Abzug wieder in die Hand und schaute ihn an. »Ich werde das mal an die Spezis beim LKA schicken, ob die das genauer datieren können, anhand der Kleidung zum Beispiel.«

»Aber du glaubst nicht, dass unser unbekannter Toter derselbe ist, der damals den Maler umgebracht und das Haus angesteckt hat, oder?«

Çoban zuckte die Achseln. »Das wohl eher nicht. Da war der ja selbst erst vierzehn, fünfzehn. Im besten Fall siebzehn.«

»Wenn er denn überhaupt aus der Gegend hier ist.«

Braun hatte recht. Es half nichts, sie mussten erst herausbekommen, wer der Tote war. Und genau das war ja hier streng genommen auch seine Aufgabe. Sobald die Identität eines Ermordeten feststand, ergab sich in der Regel auch ein Kreis an Verdächtigen. Dann war es nur eine Frage der Zeit, bis der Täter gefunden war.

»Und was machen wir jetzt?«, fragte Braun.

»Ich fahre gleich zu den Landmanns«, sagte Çoban.

»Zu wem?«

»Das ist das Hamburger Ehepaar, dem die Baugrube gehört.«

»Soll ich mitkommen?«, fragte Braun.

»Ich hätte es eigentlich lieber, wenn du in deine Dienststelle fährst und das Foto einscannen und ein paarmal vervielfältigen lässt. Und eure KTU soll es auf Fingerabdrücke untersuchen.«

»Kann ich machen. Und was machst du?«, fragte sie Wernersen.

Der hob abwehrend die Hände. »Ich hab jede Menge zu tun. Ich hab noch Papierkram wegen letzter Woche, da gab es einen Verkehrsunfall, und bei Schoch hat angeblich einer in den Schuppen eingebrochen.«

»Okay.« Çoban erhob sich. »Dann sehen wir uns heute Nachmittag hier wieder?«

Er freute sich auf ein bisschen Hamburger Großstadtluft, würde vielleicht einen Happen essen und sich mit einem *Frappuccino to go* an die Alster setzen, bevor er zurückmusste. Zurück nach Harmsbüttel.

Früher

»Lüg doch nicht! Verdammter Bengel!«

»Aber ich lüge wirklich nicht, Frau Marquardt. Das war ich doch nicht selber.«

»Dir trau ich alles zu. Auch dass du nicht weißt, wie man mit dem Herd umgeht. Was hattest du überhaupt in der Küche zu suchen?«

Er will am liebsten losbrüllen. Dass Leo und Hansi ihn gepackt haben und in die Küche geschleppt und seine Hand auf die Herdplatte gelegt. Aber die Marquardt wird ihm eh nicht glauben. Tränen schießen ihm in die Augen.

Seine Hand sieht furchtbar aus, ganz rot und braun.

»Bitte, darf ich denn etwas haben, eine Salbe oder so? Es tut so weh.«

»Ach, es tut weh? Na, herzlichen Glückwunsch! Und jetzt willst du auch noch Mitleid, was? Nichts da, das hast du dir selber eingebrockt, Freundchen. Los, aufs Zimmer, und sei froh, dass ich dir nicht noch den Hosenboden versohle. Frecher Bengel.«

Im Waschraum ist niemand, Gott sei Dank! Das Wasser brennt erst ein wenig, aber die Kühle tut gut. Er muss die Hand verbinden, weiß aber nicht, womit. Wenn er etwas extra dreckig macht, bekommt er wieder Ärger. Die offenen Stellen an seiner Handfläche bluten und suppen, geht das überhaupt wieder raus? Das kann er nicht riskieren.

Er geht in eine der Toilettenkabinen, schließt die Tür hinter sich und setzt sich auf den geschlossenen Deckel. Reißt ein paar Blatt von der Klorolle ab. Tupft damit die wunden, offenen Stellen ab, es sticht. Die Tränen hören nicht auf, sein Pullover ist vorne ganz nass, das Hellblau hat sich dunkel verfärbt.

Jemand öffnet die Tür zum Waschraum.

Sein Herz klopft, hoffentlich sind es nicht Leo und Hansi. Oder Thorsten. Oder der Alte.

Er hält die Luft an. Schritte. Schweres Atmen. Der Wasserhahn. Wieder Schritte, die Tür, dann Stille.

Wie schön wäre es, wenn er ganz allein auf der Welt wäre. Er würde unten durch das Tor hinausgehen, und keiner könnte ihm das verbieten. Er würde drüben über die Wiesen wandern, bis er in den Wald käme. Dort würde er sich eine Höhle bauen und im Fluss Fische angeln. Niemand wäre da, der ihn mit dem Stock schlägt. Der ihm den Arm auf den Rücken dreht. Der ihm von hinten Brennnesseln in die Hose steckt. Niemand.

Das wäre schön.

8

Familie Landmann wohnte in einer großen Altbauwohnung in Hamburg-Winterhude, bei der einem erst auf den zweiten Blick auffiel, dass sie dringend saniert werden musste. Nachtspeicheröfen, zerschlissenes Parkett, ein Riss in der Wohnzimmerdecke.

Frau Landmann bat Çoban in die Wohnküche. »Wollen Sie nicht die Maske abnehmen? Redet sich leichter, oder? Ich mache ein Fenster auf, und wir können ja Abstand halten, die Küche ist groß genug.«

Das stimmte. An dem Esstisch konnten sicher acht Personen Platz nehmen.

»Was möchten Sie? Caffè Crema, Cappuccino, Milchkaffee, Espresso macchiato?«

»Einfach nur Kaffee mit Milch wäre toll.«

»Hm. Dann Caffè Crema? Schön.« Sie stellte eine Tasse unter den Automaten, drückte eine Taste und holte eine Tüte Hafermilch aus dem Kühlschrank.

Während das Gerät röchelte, kam auch Herr Landmann in die Küche. Er hob die Hand zum Gruß, blieb aber auf Abstand.

Frau Landmann stellte Çoban den Kaffee hin. »Eine schreckliche Geschichte, das alles.« Sie setzte sich und stöhnte leicht auf. »Hätte man den vor einem Jahr da schon verbuddelt, hätten wir das Grundstück vielleicht billiger bekommen. Also verbuddelt und dann gefunden natürlich. Aber ich will gar nicht meckern, so teuer war es nun auch wieder nicht.«

Çoban war irritiert, dass sie die ganze Zeit ihren Bauch streichelte. Wahrscheinlich tat man das als Schwangere eher unbewusst.

»Wie kam es denn überhaupt dazu, dass der Beton wieder aufgebrochen wurde?«, wollte Çoban wissen. »Pfusch am Bau?«

Frau Landmann lachte kurz auf. »Das war der Architekt! Der hat den Keller zwanzig Zentimeter zu hoch gebaut. Wegen der Feuchtigkeit, hat er gesagt, das wäre üblich, hat er gesagt, zwar gegen die Vorschriften, aber das würde jeder machen, hat er gesagt. Pah!«

»Also weil der Boden so feucht war? Damit später der Keller trockener ist?«

»Da hätte offenbar eine Drainage reingehört, aber die hatten wir in der Planung ja nicht drin, weil der Architekt gesagt hat, das geht alles klar, er würde ja auch nicht sein erstes Haus bauen. Na, Prost Mahlzeit.«

»Und dann hat Sie jemand beim Bauamt angezeigt?«

»Anonym, stellen Sie sich das mal vor. Andererseits, ein Glück für denjenigen, sonst würde der von mir ganz schön was zu hören bekommen.«

»Wobei wir dem, der uns da angeschwärzt hat, ja eigentlich direkt dankbar sein müssen«, meldete sich Herr Landmann zu Wort. »Sonst würden wir demnächst auf einer Leiche wohnen.«

Seine Frau schien damit weniger Probleme zu haben. »Na und? Hätte doch keiner gewusst. Dafür ist nun unser

Umzugstermin gefährdet. Wir zahlen ja jetzt schon gleichzeitig Miete und den Kredit für das Haus. Jeder Monat zählt. Haben Sie mal ein Haus gebaut? Was für ein Stress! Physisch und psychisch.«

Natürlich hatte Çoban noch nie ein Haus gebaut. Aber er musste an die Geschichten denken, die seine Mutter früher erzählt hatte, davon, wie ihr Vater seiner Familie ein Eigenheim gebaut hatte, an der türkischen Schwarzmeerküste. Das war Anfang der Sechziger gewesen. Der Tourismus in der Türkei hatte noch in den Kinderschuhen gesteckt, aber er hatte sich ausgemalt, dass er in einem Ort an der Küste, wo bald viele neue Hotels entstehen würden, als Zimmermannsmeister mit seiner kleinen Firma immer genug Arbeit haben würde.

Er hatte sich ein schönes Grundstück mit Meerblick gekauft. Alles hatte sein Großvater selbst machen wollen, doch bald hatte sich herausgestellt, dass der zwar ein begabter Zimmermann war, aber als Maurer, Installateur und Elektriker keine so gute Figur machte. Er musste immer wieder fremde Hilfe in Anspruch nehmen, und die war teuer. Und obendrein kam sein Geschäft nicht richtig in Fahrt – der große Touristenrummel blieb aus, die Gäste aus dem Ausland bevorzugten die türkische West- und Südküste. Zwei Jahre dauerte es, bis er mit Frau und zwei Kindern in das neue Haus einziehen konnte, und da waren die Wände noch immer nicht verputzt. Zwei Jahre, die die vierköpfige Familie in einem Zelt auf dem Baugrundstück gehaust hatte. Wie die Beduinen, sagte seine Mutter dann immer, wie die Beduinen, und dann lachte sie, aber er spürte, dass damals niemand darüber gelacht hatte. Mit siebzehn hatte sie dann über Verwandte seinen Vater kennengelernt und war nach Deutschland geflüchtet. Da hatte es im Wohnzimmer ihres Elternhauses noch immer keine Tapeten an den Wänden gegeben.

Çoban konnte also gut nachfühlen, was für ein Stress so ein Hausbau war, physisch und psychisch. Nur hatte es nichts mit den Luxusproblemen der Landmanns zu tun. Die wohnten auf hundert Quadratmetern mit Stuck an der Decke, nicht in einem Zelt.

Herr Landmann holte Çoban in die Gegenwart zurück. »Meinen Sie wirklich, dass man die Leiche niemals gefunden hätte, wenn die das Fundament nicht aufgerissen hätten?«

»Das kann man so schlecht sagen. Wir stehen mit den Ermittlungen ja noch ziemlich am Anfang. Aber eine Leiche ist generell nicht verschwunden, nur weil man sie einbetoniert. Zumal wir inzwischen so gute Röntgengeräte haben, dass man mit denen dicken Beton durchleuchten kann.«

»Das ist ja interessant.«

Frau Landmann sah das offenbar anders. »Was genau wollen Sie denn eigentlich von uns wissen?«

»Ah ja.« Çoban holte Notizbuch und Kugelschreiber aus seiner Umhängetasche und blätterte, bis er die Seite fand, die er suchte. »Wo waren Sie beide denn am vierzehnten und fünfzehnten April?«

»Meinen Sie das ernst?«

»Ich tue nur meinen Job.« Er versuchte, möglichst beiläufig zu klingen.

Frau Landmann seufzte und holte ihr Smartphone hervor. »Mittwoch und Donnerstag. Tagsüber haben wir beide gearbeitet. Mein Mann ist ja seit letztem Jahr im Homeoffice, und ich hatte bestimmt vormittags mit meiner Klasse irgendwelche Zoom-Sitzungen. Haben Sie das mal machen müssen, Zoom? Furchtbar, sag ich Ihnen, alle reden durcheinander.«

»Was machen Sie denn beruflich?«, fragte Çoban Herrn Landmann.

»Ich bin Pressesprecher bei einer Spedition.«

»Und was heißt Homeoffice dann genau bei Ihnen?«

»Vor allem den ganzen Tag Pressetexte schreiben, mit der Firmenleitung kommunizieren, mit den Medien, ein bisschen Social Media, so dies und das.«

»Und wie lange?«

Er zuckte die Achseln. »Immer so von acht bis vier, sag ich mal.«

»Durchaus auch schon mal länger!«, warf seine Frau ein.

»Sie waren also den ganzen Tag in der Wohnung. An beiden Tagen? Und abends waren Sie ebenfalls zu Hause?«

»Selbstverständlich.«

»Da war ja auch noch nicht wieder viel mit Freizeitgestaltung«, ergänzte Herr Landmann. »Also Freunde treffen, essen gehen – zumindest haben wir uns das da noch verkniffen. Kann höchstens sein, dass wir etwas zu essen bestellt haben. Das tun wir öfter. Unterstützt ja auch die hiesige Gastronomie.«

Eine schöne Ausrede, wenn man zu faul ist, um selbst zu kochen. Çoban kannte das.

»Guter Punkt«, sagte Frau Landmann. »Schau doch mal, ob du da noch irgendwelche Mails hast.«

Tatsächlich hatten sie an beiden Abenden Essen bestellt, am Mittwoch Indisch um 19 Uhr, am Donnerstag Sushi um 18:30 Uhr. Natürlich hätten sie trotzdem Zeit genug gehabt, nach Harmsbüttel zu fahren, um jemanden zu erschießen, zumindest einer von beiden. Aber warum hätten sie das tun sollen?

»Warum ich eigentlich hier bin ...«, setzte Çoban an.

»Ja, das wäre mal interessant«, sagte Frau Landmann, bevor er weiterreden konnte. »Als Täter kommen wir ja offensichtlich nicht infrage.«

Auch wenn er ihr eigentlich zustimmte, verkniff es sich Çoban, auf diese Bemerkung einzugehen. »Es könnte sein, dass der Täter – oder die Täterin – wusste, wann in Ihrer Baugrube der Beton ausgegossen wurde. Haben Sie einen Überblick, wer das alles gewesen sein könnte?«

Frau Landmann sah erst ihren Mann an, dann Çoban. »Keine Ahnung. Ich meine, das müssen doch viele Leute gewesen sein. Allein schon in der Baufirma. Die Leute, die da arbeiten, deren Umfeld. Sagen Sie mal, ist das Ihr Ernst?«

»Was meinen Sie?«

»Dass Sie noch keinen Verdächtigen haben? Sie werden ja wohl kaum in die Baufirma fahren und dort alle Alibis überprüfen und die Angestellten fragen, wem sie alles davon erzählt haben, wann sie irgendwo Beton ausgießen.«

»Sie werden lachen, genau das werden wir tun. Das ist die Firma ...« Er blätterte in seinem Notizbuch. »... Petersen und Sohn in Grevshagen?«

»Richtig«, sagte Herr Landmann.

»Na dann viel Spaß.« Seine Frau gab einen abschätzigen Zischlaut von sich. »Vielleicht war es ja der Architekt, der unfähige Kerl. Der wusste doch auch Bescheid.«

»Das glaube ich kaum«, sagte Çoban.

»Ach, und warum nicht?«

»Wenn ich das richtig verstanden habe, hat er eigenmächtig das Fundament ein Stück höherlegen lassen?«

»In der Tat.« Sie schnaubte.

»Dann musste er ja zumindest die vage Chance einkalkulieren, dass jemand das mitbekommt und das Fundament wieder herausgerissen werden muss.«

»Tja, dann weiß ich auch nicht.«

»Wie geht es denn jetzt weiter mit Ihrem Haus?«

»Bis Freitag wird der Keller tiefer ausgebaggert und Anfang nächster Woche neu gegossen«, berichtete Frau Landmann. »Hoffentlich finden sie nicht noch mehr Leichen.«

Früher

Sie hat sie nicht kommen sehen. Auf einmal waren sie da, zwei von ihnen haben ihr den Weg versperrt, die anderen beiden sind aus dem Wald gekommen, hinter den Bäumen hervor. Sie weiß noch, dass sie gedacht hat: Haben die sich versteckt, oder habe ich sie bloß nicht gesehen?

Wenn sie nur etwas schneller gewesen wäre, hätte sie vielleicht ausweichen können. Um sie herumfahren, vielleicht wäre sie an ihnen vorbeigekommen. Immerhin war sie auf dem Fahrrad, die drei zu Fuß. Aber sie war ja nicht in Eile gewesen.

Es hat so eklig nach Zigaretten geschmeckt, als er ihr die Lippen auf den Mund gedrückt hat. Die anderen beiden haben sie festgehalten.

Es ist alles ganz schnell gegangen. Sie liegt in ihrem Bett und hat Mühe, sich an Einzelheiten zu erinnern. Warum auch, sie weiß ja, dass sie es niemandem erzählen wird. Dazu schämt sie sich viel zu sehr.

Genauso wie sie weiß, dass sie Ärger mit Mama kriegen wird, weil an der Bluse die Knöpfe abgerissen sind. Oben ist sie sogar eingerissen. Es ist so ungerecht, dass sie nicht sagen kann, wer das gewesen ist. Aber wenn sie das tut, wird es nächstes Mal noch viel schlimmer. Sie hat die Stimme noch im Ohr – »guck mal, das Messer, das kriegst du zu spüren, wenn du uns bis nächstes Mal verraten hast«.

Nächstes Mal.

Die Tränen laufen ins Kopfkissen.
Sie hat längst gelernt, wie man weint, ohne dass die unten es hören.

9

Nach seinem Besuch bei den Landmanns fuhr Çoban in die Innenstadt. Er ließ seinen Audi 80 im Parkhaus an der Staatsoper stehen und ging zu Fuß über den Jungfernstieg in Richtung Rathaus. Das Wetter war herrlich. Kaum Wolken am Himmel, und ihm war fast zu warm in seiner Lederjacke.

Als er wie geplant mit einem Pappbecher eines geeisten Kaffeegetränks auf den Stufen vor der Binnenalster saß, schickte er eine WhatsApp an Fanta Braun und bat sie, bei der Baufirma Petersen & Sohn nachzuforschen, wer davon gewusst haben konnte, wann genau das Fundament gegossen wurde, das die Leiche ihres Mordopfers unter Beton begraben hatte.

Eine halbe Minute später kam die Antwort:

Rate mal, wohin ich gerade auf dem Weg bin, zu Petersen ☺ Foto ist vervielfältigt und nach Kiel geschickt, leider keine deutlichen fremden Fingerspuren

Und dann noch eine:

Bis später, erzähle dann Pommes Popo

Bitte was?

Sorry Diktier Funktion, das sollte Punkt Punkt Punkt heißen

Çoban grinste unwillkürlich.

An der Wasserkante stritten sich mehrere Möwen um ein fallen gelassenes Sandwich.

Fanta war wirklich auf Zack. Er sah auf die Uhr. Noch

anderthalb Stunden, bis er sich wieder auf den Weg machen musste. Er überlegte, wo er zu Mittag essen sollte. Irgendwo, wo man draußen sitzen konnte. Vielleicht gleich hier, im Alsterpavillon? Warum nicht.

Er suchte sich einen Platz auf der Terrasse, ein Zweiertisch war frei. Auf den Sonnenschirm hätte er verzichten können, aber der Blick war großartig. Die Alsterfontäne sprühte viele Meter hoch gen Himmel, fast senkrecht stand der Strahl, es war nahezu windstill. Unten am Anleger der Alsterdampfer tummelten sich ein paar Schwäne.

Wenn sich die Ermittlung noch länger hinzog, hatte er sicher Zeit, hin und wieder aus Harmsbüttel in die Stadt zu fahren. Wenigstens das.

Er dachte an den letzten Fall in der Provinz, in dem er hatte ermitteln müssen. Das war in Nordfriesland gewesen. Im Wald hatte ein Toter gelegen, den niemand kannte. Sobald er vor Ort gewesen war, hatte er zusammen mit einem halben Dutzend Polizisten aus Husum begonnen, die Häuser in dem Dorf abzuklappern. Das sprach sich so schnell herum, dass er bereits nach einer halben Stunde die Meldung bekam, der Täter habe sich gestellt. Es war ein einsamer Mann, der Besuch von einem alten Freund von außerhalb bekommen hatte. Sie hatten einen Spaziergang gemacht und hatten sich wegen irgendeiner alten Geschichte dermaßen in die Haare gekriegt, dass er seinen Freund geschubst hatte, und der war mit dem Kopf auf einem Stein aufgeschlagen. In Panik hatte er notdürftig versucht, den Toten mit Zweigen und Blättern zu tarnen und war dann geflüchtet. Der Mann hatte es nicht übers

Herz gebracht, von sich aus zur Polizei zu gehen, aber nun war er sichtlich erleichtert, dass alles herausgekommen war.

Auf eine ähnliche Dynamik hatte er in Harmsbüttel gehofft, doch leider: Fehlanzeige.

Eine Kellnerin kam, und Çoban bestellte einen Eistee, dann sah er sich die Speisekarte an.

Das Handy klingelte. Sein Vater.

»Baba? Was ist los?«

»Wie meinst du das, was ist los?«

»Ich dachte, es wäre vielleicht was Eiliges.«

»Nein, mein Sohn, was soll denn Eiliges sein? Ich wollte nur mit dir reden.«

»Worüber?«

»Worüber, worüber. Einfach reden!«

»Tut mir leid, ich bin hier gerade bei der Arbeit, quasi.«

»Ach, ach.«

»Hast du wieder Schmerzen?«

»Es ist nicht so schlimm.«

»Aber du hast Schmerzen. Hast du Doktor Heydemann angerufen?«

»Nein, ach nein. Die Praxis ist doch schon zu, es ist Freitagnachmittag.«

»Aber er hat dir doch extra seine Handynummer gegeben. Genau für solche Fälle. Falls du zwischendurch eine Spritze brauchst.«

»Wo soll denn diese Nummer sein?«

»In deinem Handy. Das habe ich dir doch alles eingerichtet.«

»Weiß nicht. Da sind alle Nummern wieder weg.«

»Quatsch, da ist gar nichts weg.«

»Kannst du nicht vorbeikommen?«

»Ich muss mal gucken, wie das hier läuft. Ich bin mitten in einer Ermittlung.«

»Wo denn? Bist du gar nicht in Kiel?«

»Nein, im Moment gerade in Hamburg. Aber eigentlich bin ich in Harmsbüttel, das hatte ich dir doch erzählt. Bei Ratzeburg.«

»Du hast mir nichts erzählt. Du erzählst mir ja sowieso nie irg… Kr… A…«

»Baba, das Netz ist wieder ganz schlecht. Wieso rufst du mich nicht vom Festnetz an? Bist du gar nicht zu Hause?«

Schweigen in der Leitung.

»Hörst du mich noch? Bitte ruf Doktor Heydemann an. Versprichst du mir das?«

Die Verbindung war unterbrochen.

»Bitte schön!« Die Kellnerin legte einen Bierdeckel vor ihm auf den Tisch und stellte ein großes Glas Eistee darauf. »Möchten Sie auch etwas essen?«

Çoban wies auf die Speisekarte. »Ja, aber ich muss noch mal schauen.«

Das Handy klingelte schon wieder. Aber diesmal zeigte das Display nicht *Baba* an, wie er erwartet hatte, sondern *Wernersen*.

Er drückte auf die grüne Schaltfläche. »Was gibt es denn?«

»Wo steckst du?«, fragte Wernersen.

»Ich bin noch in Hamburg. Wieso?«

»Ist vielleicht besser, du kommst rum. Fanta habe ich auch schon angerufen.«
»Vielleicht verrätst du mir erst mal, was los ist?«
»Wir haben schon wieder einen Toten.«

Früher

Das sind deine Pflegeeltern.

In seinem Kopf hört er immer noch den Satz. Das sind deine Pflegeeltern. Er hat artig einen Diener gemacht, die Frau hat ihm über den Kopf gestrichen, der Mann hat ihn angesehen, die Augen ein wenig zusammengekniffen und etwas gebrummt.

Seit ihm der Alte letzte Woche gesagt hat, dass sie eine Familie gefunden haben, die ihn aufnehmen will, ist er so aufgeregt gewesen, dass er fast gar nicht geschlafen hat. Endlich fort von hier, fort von allen, die ihn quälen, die ihm wehtun, die ihn Schwuli und Holzkopf und Stinker nennen. Auf eine andere Schule gehen, vielleicht Freunde finden, das wäre schön. Richtige Freunde, wie in dem Buch, das einzige, das er hatte und das er bestimmt hundertmal gelesen hat. Das mit Emil und Gustav mit der Hupe. Es ist sein wertvollster Besitz gewesen, bis Hansi es ihm weggenommen und unten in der großen Stube in den Ofen gesteckt hat, am Tag vor Weihnachten.

Es hat sich schnell herumgesprochen, dass er in eine Pflegefamilie kommt, und als die anderen das mitbekommen haben, hat es kein Halten mehr gegeben. Sie haben ihm den Kopf in die Toilette gesteckt und die Spülung gezogen, und gestern Nachmittag haben Leo und Thorsten ihn festgehalten, und Hansi hat ihm die Hose und die Unterhose heruntergezogen, und die dicke Beatrix hat zugeguckt und vor Lachen gekreischt, und dann hat Hansi ihm mit seinem schweren Stiefel in die Eier getreten.

Und als er wieder zu sich gekommen ist, da ist es schon dunkel und kalt gewesen, und er hat mit heruntergelassener Hose im feuchten Gras gelegen, und es hat so wehgetan, dass er weinen musste. Er hat eine ganze Weile gebraucht, bis er es geschafft hat, aufzustehen, sich die Hose hochzuziehen und zurück zum Haus zu humpeln. Das Abendessen war schon vorbei, aber niemand hat sich darum geschert, dass er nicht da war, warum auch, er wäre ja eh bald fort. Er hat nichts mehr zu essen bekommen, aber ihm ist sowieso übel vor Schmerzen gewesen.

Heute Morgen hat es immer noch wehgetan, und da unten war alles ganz blau und angeschwollen, aber er hat sich geschworen, sich nichts anmerken zu lassen, denn heute kamen ja seine neuen Eltern, und wenn die merkten, dass mit ihm etwas nicht stimmte, würden sie es sich bestimmt anders überlegen.

Und jetzt sitzt er hier in seinem neuen Zimmer in einem Haus in der Stadt, vor dem Fenster fahren Autos und Lastwagen, und er hat sich vorgenommen, dass er irgendwann bei allen Fahrzeugen, die vorbeifahren, die Marke und das Modell weiß.

Das Zimmer hat er fast für sich allein, das Gitterbett für den Kleinen steht auch hier, aber die Ecke da, mit dem Bett und dem kleinen Regal, das ist alles seins, das ist nur für ihn. Da stehen sogar ein paar Bücher.

Er muss ein bisschen weinen, und dann muss er lachen, es geht nicht anders, er lacht und lacht und kriegt kaum Luft und drückt seinen Kopf ins Kopfkissen, damit seine neuen Eltern ihn nicht hören, die müssen doch denken, dass er verrückt ist, dass er sich hier kaputtlacht.

Dann sitzt er auf der Bettkante und horcht. Es ist ganz leise im Haus. Er hört sein Herz schlagen. In seiner Hose pocht es schmerzhaft, aber es ist schon etwas besser geworden. Zum Glück hat keiner was gemerkt.

10

Man roch es schon beim Hereinkommen: Die Blase des Toten hatte sich entleert. Pastor Frey lag auf dem Rücken in der Diele des alten Pfarrhauses. Er hatte den Strick noch um den Hals. Das andere Ende des Hanfseils war um einen Pfosten des Treppengeländers gebunden.

Dem Gesicht des hageren Mannes fehlte jegliche Farbe, aber Çoban hatte das unbestimmte Gefühl, der Mann hätte schon so ausgesehen, als er noch lebte.

Çoban versuchte, sich das Bild so gut wie möglich einzuprägen. Das Seil, dessen eines Ende noch an der Balustrade baumelte. Der Tote, seine Kleidung. Die helle Hose hatte im Schritt einen großen dunklen Fleck. Ein hölzerner Hocker lag umgekippt neben seinen Füßen.

Eine perfekte Szenerie. Fast schon zu perfekt.

»Wer hat ihn gefunden?«, fragte Çoban.

»Frau Zielinski. Die Putzfrau.«

»Und die hat dich angerufen?«, fragte Braun.

»Nein, die kam angelaufen«, sagte Wernersen. »Sind ja nur ein paar Hundert Meter. War trotzdem so außer Atem, dass ich kaum was verstanden habe. Und dann noch mit diesem bescheuerten Akzent.«

»Und die hat hier nichts angerührt?«, fragte Çoban.

Wernersen schüttelte den Kopf. »Glaub ich nicht.«

»Dann hast du das Seil durchgeschnitten?«

»Klar.«

»Und womit?«

Wernersen zog ein Taschenmesser aus der Tasche.

»Das hattest du zufällig dabei? Oder hat Frau … Zielinski gesagt: Er hat sich aufgehängt?«

Der Dorfpolizist sah Çoban verständnislos an. »Welcher Mann hat denn kein Taschenmesser in der Tasche?«

Ich zum Beispiel, dachte Çoban.

»Wo ist die Frau denn jetzt?«, fragte Braun.

»Wo soll die schon sein? Ich hab sie nach Hause geschickt.«

Auch das noch. »Und wer nimmt ihre Aussage auf?«, fragte Çoban.

»Was für eine Aussage? Ist doch ganz eindeutig Selbstmord. Der Doktor muss auch gleich kommen.«

»Man sagt nicht Selbstmord«, sagte Çoban.

»Was?«

»Ach komm, das weiß doch jeder, oder? Es heißt Suizid. Meinetwegen kannst du auch Selbsttötung oder Freitod sagen. Aber Selbstmord sagt man nicht mehr. Das sollte inzwischen auch bis zu euch durchgedrungen sein.«

»Bis zu euch? Was soll das denn heißen? Bis zu uns Landeiern, die eh nichts checken?«

Ganz genau, lag Çoban auf der Zunge. Er verkniff es sich und schüttelte nur den Kopf.

»Was für ein Schwachsinn!« Wernersen blitzte ihn wütend an. »Wer hat das denn aufgebracht? Ich sag schon immer Selbstmord.«

»Das macht es ja nicht besser.«

»Çoban hat schon recht«, bestätigte Braun. »Das haben

wir in der Ausbildung gelernt. Von wegen Respekt vor dem Toten. Mord setzt ja Heimtücke voraus, und die meisten Selbstmö… Sorry, ich meine, die meisten Menschen, die sich selbst töten, sind ja in einer absoluten psychischen Notlage oder halt psychisch krank. Nix Heimtücke. Siehste, Raimund, da wäre mir das mit dem Selbstmord auch fast wieder rausgerutscht.«

»Und hierzulande darf sich ja jeder selbst töten, wenn er oder sie will«, fügte Çoban hinzu.

Wernersen grummelte etwas Unverständliches.

»Guckt mal hier«, sagte Braun. Sie stand vor der Anrichte, an der Wand neben der Tür zur Diele, und zeigte auf einen Notizblock.

Wernersen ging zu ihr und las laut: »*Ich kann mit der Schuld nicht mehr leben. Was wir getan haben, ist nicht zu entschuldigen.*«

Wirklich ein perfekter Suizid, dachte Çoban. Jetzt auch noch ein Abschiedsbrief. Das reichte.

»Leg den Notizblock bitte wieder hin.« Çoban holte sein Handy aus der Tasche. Unfassbar. Wie konnte man so dumm sein, an einem Tatort sofort alles anzufassen? »Ich verständige die KTU und die Rechtsmedizin in Kiel. Wir rühren hier erst mal nichts mehr an.«

»Wieso das denn?« Wernersen legte den Block wieder auf die Anrichte. »Der Doktor aus Grevshagen kommt doch gleich. Der stellt den Totenschein aus und …«

»Am besten, du rufst ihn an und sagst, er soll wieder umdrehen, falls er schon los ist. Der Tote kommt in die Rechtsmedizin.«

»Und das kannst du einfach so bestimmen?«

»Als Kriminalhauptkommissar vom LKA? Ich denke schon.«

Wernersen sah aus, als würde er gleich aus der Haut fahren. »Du kommst dir wohl besonders schlau vor.«

Braun seufzte laut und dramatisch. »Leute, reißt euch mal am Riemen. Ist doch eigentlich ganz nett, dass uns das LKA etwas Arbeit abnimmt. Wofür hat man Spezialisten?«

»Am besten, wir gehen wieder raus«, sagte Çoban. »Auf die Kollegen warten können wir auch draußen.«

Beim Hinausgehen sagte Braun: »Wenn du willst, kann ich auch bei unserer Spusi nachfragen, ob die Zeit haben.«

Aber Çoban hatte schon das Handy am Ohr und winkte ab.

Als er seine Telefonate beendet hatte, setzte er sich zu den beiden anderen an einen runden Holztisch im Vorgarten. Es war fast windstill. Er zog seine Jacke aus und legte sie über die Rückenlehne des Stuhls.

Das Haus war wirklich ganz hübsch, sicher aus der Jugendstilzeit. In dieser Ecke des Dorfs war er noch gar nicht gewesen. Wenn er sich richtig orientierte, war in diesem Abschnitt Wernersen unterwegs gewesen, als sie mit dem Foto des Toten herumgegangen waren.

»Und, Taifun?«, fragte Braun. »Wie lange brauchen die Kollegen?«

»Knapp zwei Stunden. Wollen wir so lange zu Raimund rübergehen?«

»Ist doch eigentlich ganz lauschig hier. Unsere Lagebesprechung können wir sonst auch hier abhalten.«

Das stimmte. Vögel zwitscherten, Bienen summten. Man konnte glatt vergessen, dass drinnen ein Toter lag.

»Verrätst du uns jetzt mal, warum du unbedingt das LKA hierhaben willst?«, fragte Braun, als Çoban Platz genommen hatte.

»Klar. Fünfundneunzig Prozent der Auffindesituationen sind irregulär.« Er merkte, dass er wie ein Lehrbuch klang. Wahrscheinlich hatte er diesen Satz auch tatsächlich einmal auswendig gelernt. »Wenn alles so perfekt ist wie hier, ist in der Regel Vorsicht angebracht. Wer sich umbringt, ist meist in einer extremen Ausnahmesituation. Der macht keine perfekten Knoten, der stellt sich nicht ordentlich einen Hocker hin.«

»Du meinst aber jetzt nicht im Ernst, dass der Pastor ... Wie heißt der noch mal?«, fragte Braun.

»Frey«, brummte Wernersen.

»... dass Pastor Frey umgebracht wurde?«, fuhr sie fort. Sie holte ein Taschentuch aus der Hosentasche und schnäuzte sich.

»Ich glaube gar nichts«, sagte Çoban. »Ich will, dass sich Spezialisten um die Sache kümmern, die uns dann sagen können, was hier genau passiert ist.«

Braun sah Wernersen an. »Dagegen kann man eigentlich nichts sagen, oder?« Sie zog eine Schachtel Zigaretten aus der Innentasche ihrer Jacke und zündete sich eine an.

Wernersen verzog den Mund. »Ich dachte halt nur: Der hat sich aufgeknüpft, da ist ja sogar ein Abschiedsbrief. Ist doch alles sonnenklar. Da muss man nicht so einen Riesenaufstand machen. Aber wahrscheinlich hat Taifun recht.«

»Immerhin«, sagte Braun und stieß einen perfekten Rauchkringel aus, »wenn fünfundneunzig Prozent der Auffindesituationen irregulär sind, dann ist ja trotzdem jede zwanzigste ganz regulär, wenn man so will. Vielleicht hat der Pastor sich ja wirklich umgebracht, und er war nur sehr ordnungsliebend.«

Einen Moment hingen sie ihren Gedanken nach, aber Braun schien das Thema weiter zu beschäftigen. »Letztes Jahr hatte ich auch einen Suizid in Ratzeburg. Da hatte sich einer am Kabel von einem Dreierstecker erhängt.«

Wernersen verzog das Gesicht.

»Wie viele, die sich umbringen, erhängen sich eigentlich?«, wollte Braun wissen.

»Tatsächlich die meisten«, erklärte Çoban. »Dann kommt Vergiften, durch Schlaftabletten, Drogen oder den berühmten Schlauch im Auspuff, dann als Drittes Herunterspringen aus großer Höhe. Das ist in der Regel die sicherste Methode. Oder die erfolgreichste, wie man will.«

»Können wir mal über was anderes reden?«, fragte Wernersen, der ein Gesicht machte, als hätte er auf eine Chilischote gebissen.

Braun erfüllte ihm den Wunsch. »War der Pastor eigentlich verheiratet?«, fragte sie Wernersen.

»Geschieden«, antwortete er. »Vorletztes Jahr. Die Frau ist mit den Kindern nach Lübeck, glaube ich.«

»Ob der Pastor den Unbekannten umgebracht hat?«, fragte Braun. »Ich meine wegen des Abschiedsbriefs. Oder besser der Abschiedsnotiz.«

»Aber da stand doch: *Was wir getan haben, ist nicht zu entschuldigen*«, warf Wernersen ein. »Wieso denn dann: *wir*?«

»Vielleicht war er nicht allein? Sagt mal, könnte es nicht sein, dass er einer von den Jungs auf dem Foto ist? Hat das einer dabei?«

Çoban holte den Abzug aus seiner Umhängetasche.

»Der hier könnte er sein«, sagte Braun. »Mit den dunklen Locken. Oder? Wir müssen das Foto endlich mal jemandem zeigen, der hier aufgewachsen ist.«

Çoban nickte. »War Frey denn überhaupt hier aus der Gegend?«

»Ich glaube schon«, sagte Wernersen. »Ich kenne jetzt nicht den Hintergrund von jedem hier im Ort, aber ich meine mich zu erinnern, dass er einer von den Harmsbüttelern ist, die zurückgekommen sind, nach dem Studium. Vielleicht sogar nie weggezogen, der Vater von Frey war auch schon Pastor hier. Er ist also quasi im Pfarrhaus aufgewachsen.«

»Dass so ein kleiner Ort überhaupt eine eigene Kirchengemeinde hat, ist schon ein bisschen erstaunlich«, befand Çoban.

Wernersen hob entschuldigend die Hände. »Das ist ein bisschen wie mit der Polizei. Ich bin ja auch für Grevshagen mit zuständig, nur dass mein Büro in Harmsbüttel ist. Mit der Kirche ist das ähnlich. Die in Grevshagen wurde in den Neunzigern, wie heißt das: umgeweiht? Auf jeden Fall ist da jetzt so eine Art Kulturzentrum drin. Und zur Kirche gehen die Grevshagener hier bei uns.«

»Was macht ihr denn hier?« Am Gartenzaun stand Silke

Wernersen. Sie öffnete die Pforte und kam auf die drei Ermittler zu. »Ist was mit dem Pastor?«

Wernersen sah seine Frau ernst an. »Er ist tot. Selbstmord.« Mit einem Blick zu Çoban ergänzte er: »Vermutlich. Also vermutlich Selbstmord. Beziehungsweise Selbsttötung. Also tot auf jeden Fall.«

Silke Wernersen schien einen Moment sprachlos. Dann schüttelte sie den Kopf. »Der arme Karl. Was ist denn bloß los hier?«

»Ich wäre Ihnen sehr verbunden, wenn Sie das zunächst für sich behalten«, sagte Çoban.

Die Frau nickte. »Soll ich euch was holen? Einen Kaffee oder so?«

»Nein danke«, sagte Çoban. »Wir warten auf die Kollegen aus Kiel.«

»Und wie lange macht ihr hier noch, Raimund?«

»Dauert nicht mehr lange«, sagte Wernersen. »Wir besprechen hier noch ein bisschen was, dann ist Wochenende.«

Çoban sah ihn überrascht an. Wochenende? Bei einer frischen Mordermittlung?

Silke Wernersen verabschiedete sich und ging.

»Habt ihr irgendwas vor?«, fragte Wernersen, sah dabei aber nur Braun an. Was Çoban am Wochenende machte, schien ihm ziemlich egal zu sein.

»Morgen besuchen wir meine Eltern«, sagte Braun.

»Wo wohnen die denn?«, wollte Wernersen wissen.

»In Lüneburg. Gut, dass das endlich wieder geht. Die Kinder freuen sich schon seit Wochen darauf. Während des Lockdowns haben die ihre Großeltern nur per Zoom gesehen.«

Çobans innerliches Kopfschütteln wich der Erkenntnis, dass die zwei vielleicht gar nicht so unrecht hatten mit dem Feierabend. Letzten Endes war ihr Job eben genau das: ein Job. Wo stand denn geschrieben, dass man jede Woche fünfzehn Überstunden machen musste, die einem keiner vergütete und von denen am Ende des Jahres der größte Teil verfiel? Also dann: zwei freie Tage. Warum denn nicht, bei dem schönen Wetter?

Dann würde er heute Abend halt nach Kiel zurückfahren. Und morgen mal seinen Vater besuchen und sich um dessen Telefon kümmern.

»Ihr habt keine Kinder, oder?«, wollte Braun von Wernersen wissen.

Wernersen zuckte zusammen, als wäre er kurz vorm Einschlafen gewesen. »Nein«, sagte er. »Hat sich nie ergeben.«

»Und du?« Sie sah Çoban an. »Hast du in Kiel Familie?«

Der schüttelte den Kopf.

»Aber du fährst übers Wochenende sicher trotzdem nach Hause, oder?«, fragte Wernersen.

Çoban sah ihn an. Klar, der wollte sichergehen, dass er am heiligen Wochenende nicht auch noch bei irgendwelchen Ermittlungen helfen musste. »Ich denke schon«, sagte er.

»Was anderes. Seid ihr eigentlich irgendwie weitergekommen heute?«

Çoban erzählte kurz von seinem Besuch bei den Landmanns, dann berichtete Braun von ihren Nachforschungen in der Baufirma Petersen. »Da hängen große Pläne an der Wand, gleich neben dem Empfangstresen. Hier, ich mach das mal größer.« Sie zeigte den beiden auf ihrem Smartphone ein Foto. »Ein riesiger Kalender, die Spalten sind die Kalenderwochen, und da an der Seite steht ›Landmann‹ und da, unter ›KW 7‹, steht *Fundament*.«

»Das heißt also«, sagte Çoban, »dass jeder, der da in die Firma kommt, direkt am Tresen auf einem Plan sehen kann, wann wo irgendwelche Fundamente gegossen werden.«

Braun zuckte die Achseln. »In der Tat. Andererseits, wer geht schon in eine Baufirma? Ich meine, wenn man sich nicht gerade ein Haus bauen lässt?«

»Trotzdem ist mir das viel zu öffentlich. Das riecht ja jetzt schon nach Sackgasse.«

»Das fürchte ich auch«, bestätigte Braun.

»Mir kommt gerade eine Idee«, sagte Wernersen. »Meint ihr, wir können da noch mal rein, ins Pfarrhaus, während wir hier warten?«

Çoban verzog den Mund. »Ideal ist das sicher nicht, bevor die KTU kommt. Wobei wir ja ohnehin schon durch den Tatort gestapft sind. Wieso? Willst du nach irgendwas suchen?«

Wernersen nickte. »Wir könnten mal gucken, ob irgendwo alte Fotoalben sind. Vielleicht finden wir Bilder von Frey als Jugendlichem.«

Braun sah Çoban an. »Einen Versuch wäre es wert, oder? Wir können ja ganz vorsichtig durch die Diele gehen.«

Begeistert war Çoban nicht, aber er musste zugeben, dass die Idee an sich nicht schlecht war.

Sie betraten wieder das Haus und passierten die Diele. Wernersen wies den Weg ins Wohnzimmer, und nach wenigen Minuten hatten sie dort Fotoalben entdeckt, im untersten Fach des Bücherregals. Mehrere großformatige, stoffbezogene Bände, mit zahllosen Fotos, säuberlich eingeklebt und die meisten handschriftlich mit Ort und Datum versehen.

Während Çoban und Braun vor dem Regal knieten und die Alben inspizierten, schlenderte Wernersen im Zimmer umher und besah sich die Bilder an den Wänden, Kunstdrucke von Gemälden, offenbar biblische Szenen. Er öffnete die Tür zum Nebenzimmer und ging hinein.

»Hey, Raimund«, rief Çoban ihm hinterher, »nicht noch mehr Unordnung machen.«

»Jaja«, kam es aus dem Nebenzimmer zurück.«

»Jaja heißt …«, hob Braun an.

»Weiß ich selber«, fiel Çoban ihr ins Wort.

»Guck mal hier, 1979, da müssten wir der Sache langsam näher kommen. Hey, das Shirt kenn ich doch!«

Ein senfgelbes T-Shirt mit dem Aufdruck eines großen schwarzen fünfzackigen Sterns auf der Brust, und darüber stand *SHERIFF*. Çoban holte das Foto aus der Jackentasche. Es war dasselbe T-Shirt, und es war derselbe Junge, nur dass er hier ein wenig kürzeres Haar hatte und das Hemd nicht so eng saß wie auf ihrem Foto.

»Bingo!«, rief Braun. »*September 79*. Guck mal nach Sommer 1980.«

Das aktuelle Fotoalbum ging nur bis Ende 1979, das nächste begann mit dem Jahr 1980. Vom Sommer jenes

Jahres entdeckten sie kein Bild mit dem gelben T-Shirt, aber eine ganze Reihe anderer Fotos mit dem dunklen Lockenkopf, unter anderem eines, auf dem er grinsend vor einer Torte mit brennenden Kerzen saß. Darunter stand: *Karls 15ter.* Einer der fünf Jungen auf ihrem ominösen Foto war also tatsächlich Pastor Karl Frey. Der nebenan tot auf dem Fußboden lag.

»Schaut mal!«

Wernersen stand in der Tür und hielt ein DIN-A4-Blatt hoch. »Das lag auf dem Schreibtisch.« Er las vor: »*Du und Börge zahlt mir jeder 10 000 Euro, dann halte ich die Schnauze wegen SH. Übergabe Baugrube Neubaugebiet 15. 4., 22 Uhr. Martin.*«

Çoban sah ihn entgeistert an. »Sag bitte nicht, dass du schon wieder ein Beweisstück angepackt hast?«

»Was?« Wernersen sah Çoban an, dann den Zettel, und dann ließ er ihn los wie eine heiße Kartoffel. »Scheiße! Tut mir leid.« Das Blatt segelte zu Boden.

»Du bist mir echt ein Spezialist.« Çoban schüttelte den Kopf.

Seine Bemerkung hatte eigentlich beschwichtigend klingen sollen, aber sie bewirkte genau das Gegenteil.

Mit drei großen Schritten war Wernersen bei ihm und baute sich vor ihm auf.

Çoban versuchte unwillkürlich, sich möglichst gerade hinzustellen, aber Wernersen war nun mal einen halben Kopf größer als er, da half alles nichts.

»Jetzt hör mal zu, du ...« Offenbar fiel ihm keine passende Beleidigung ein. Er tippte Çoban mit einem Finger auf die Brust. »Ist ja schön und gut, dass du aus Kiel herkommst und meinst, du hast die Weisheit mit Löffeln gefressen. Du hast ja auch studiert und was weiß ich nicht alles. Aber beleidigen lasse ich mich nicht von dir, okay?«

Wernersens Gesicht war rot angelaufen, und während seiner letzten Worte hatte Çoban gespürt, wie ein paar Spucketröpfchen auf seinem Kinn gelandet waren. Er trat einen Schritt zurück. Gottlob war er schon geimpft.

»Ist ja gut«, sagte Çoban. »Sorry, ich wollte dich nicht beleidigen. Alles gut.«

Er sah zu Braun, die schüttelte missbilligend den Kopf. Çoban hätte tausend Euro gewettet, dass sie gerade dachte: *Männer sind alle Idioten.*

Später

»Was wollen wir heute tun?«

»Weiß ich nicht. Halma? Oder Mühle?«

»Wie Sie wollen. Wir können uns auch einfach erst mal ein bisschen unterhalten. Kaffee?«

»Gerne.«

»Sie sind mit dem Wernersen ja ganz schön aneinandergeraten.«

»Ach, das war halb so wild.«

»Wirklich? Vielleicht erinnern Sie sich auch nicht mehr richtig?«

»Na hören Sie mal, das ist doch erst ein Dreivierteljahr her. Ich bin doch nicht dement.«

Dr. Lieberg hebt eine Augenbraue. »Herr Çoban, ich muss Ihnen als erfahrenem Kriminaler doch nicht erklären, dass es keine hundertprozentige Erinnerung gibt. Im Grunde erinnern wir uns sogar immer nur daran, wie wir uns an etwas erinnert haben.«

»Jaja, schon gut.«

»Beim dicken Friedhelm haben Sie sich ja auch nicht mehr an so viel erinnern können.«

»Friedhelm, so ein Quatsch, da war ja eigentlich nichts. Außerdem hätte der sich ja auch mal wehren können. Trotzdem, ich wüsste wirklich nicht, was das mit dem Fall zu tun hat. Wollen wir nicht lieber das Mühlebrett aufbauen?«

»Gerne. Weiß oder schwarz?«

»*Schwarz.*«

»*Noch mal zurück zu Friedhelm.*«

»*Ich weiß nicht, was Sie hören wollen.*«

»*Ich will überhaupt nichts hören.*« *Dr. Lieberg lehnt sich in ihrem Bürosessel zurück.* »*Die Frage ist, was wollen Sie erzählen?*«

»*Ich würde lieber über das reden, worum es eigentlich geht.*«

»*Und das wäre?*«

»*Der Fall Kornmeyer.*«

»*Herr Çoban, Sie sind ein intelligenter Mensch. Sie wollen mir doch nicht wirklich weismachen, dass Sie die Parallele zwischen der Friedhelm-Geschichte und dem Fall Kornmeyer nicht sehen.*«

»*Sie meinen die Vorgeschichte? Aber das können Sie doch nicht allen Ernstes miteinander vergleichen.*«

Dr. Lieberg sieht ihn aufmerksam an.

»*Das bei uns waren Dummejungenstreiche, Frau Lieberg, mehr nicht. – Was schreiben Sie denn da schon wieder auf?*«

11

Es wurde schon dunkel, als die Kolleginnen und Kollegen aus Kiel endlich kamen. Wernersen hatte sich kurz nach dem Vorfall verabschiedet, und Braun war auch seit einer Weile fort. Sie wollte einen ihrer Mitarbeiter zu Pastor Freys geschiedener Frau schicken, um sie von seinem Ableben zu unterrichten.

Zwei Stunden später war alles wieder vorbei. Çoban kam noch rechtzeitig zum Abendessen in den *Büttelkrog*. Nach dem ausgefallenen Mittagessen in Hamburg hatte er ordentlich Hunger. Es gab heute keine zwei Gerichte zur Auswahl, aber der Sauerbraten mit Rosenkohl und Kroketten schmeckte ausgezeichnet. Das Fleisch zerfiel fast auf der Gabel, die Soße war so säuerlich-fruchtig, wie sie sein musste, die Kroketten luftig-locker, der Rosenkohl noch ein klein wenig bissfest. Er bezweifelte, dass Frau Wernersen in einem »Wettkochen« auch bei diesem Gericht den Sieg davontragen würde.

Nach dem Essen packte er seine Tasche, sagte der Wirtin, dass er wahrscheinlich erst Montagvormittag wieder da sei, und stieg in seinen Wagen.

Als er vom Parkplatz auf die Dorfstraße einbog, fiel ihm ein, dass er eigentlich der Wirtin das Foto mit den Jugendlichen hatte zeigen wollen.

Aber jetzt noch einmal auszusteigen, brachte er nicht fertig. Nichts wie nach Hause, in die Stadt. Frey hatten sie identifiziert, aber sie wussten immer noch nicht, wer die anderen Jungs auf dem Foto waren. Und ob einer davon vielleicht Börge Hartmann war – der einzige Börge, der Wernersen auf Anhieb eingefallen war, als sie sich darüber unterhalten hatten, wer wohl gemeint war mit »*Du und Börge …*« auf dem Erpresserbrief.

Er passierte das Ortsschild. Eine Stunde fünfzehn Minuten, verkündete die Navi-App auf seinem Smartphone, das in einer Halterung am Armaturenbrett steckte.

Überhaupt das Foto. Wer um alles in der Welt hatte ihm das zugespielt? Jemand, der wusste, wer der Täter war? Aber warum um Himmels willen dieses Rätselraten? Warum kam der- oder diejenige nicht einfach zu ihm und sagte: Hier, der und der war's. Sicherlich, weil man hier im Dorf nicht als Denunziant gelten wollte. Bloß nicht auffallen, bloß keinen Ärger. Gott, wie er diese miefige Dynamik hasste. Es war auch nach wie vor seltsam, dass der Erpresserbrief mit dem Computer geschrieben war und nicht mit der Hand. War ihr Obdachloser in ein Internetcafé marschiert, um sich das auszudrucken? Und dann diese Andeutung: »*… dann halte ich die Schnauze wegen SH.*« Was konnte das bedeuten, SH? Schleswig-Holstein? Quatsch. Aber irgendetwas sagte ihm das, SH. Initialen vielleicht. S. H. Wer hieß denn so? Raimunds Frau hieß Silke, aber natürlich Wernersen, nichts mit H.

Er fuhr nach Norden in Richtung B 208, die hinter Bad Oldesloe zur A 21 führte. *Grevshagen 3 km* verkündete ein gelbes Schild am Straßenrand, dahinter begann links und rechts von der Straße der Wald.

Çoban schaltete das Autoradio ein. Auf NDR 1 dudelte ein Evergreen aus den Siebzigern. Er drehte am Empfangsknopf, um den Sender zu wechseln.

S. H. Susanne Hansen. Das Mädchen, das 1980 im Keller erstickt war. Çobans Herz klopfte. Er musste mehr über damals erfahren. Kaan. Er würde Kaan besuchen, seinen alten Mentor.

In diesem Moment sah er hinter sich Scheinwerfer. Ein großer Wagen näherte sich viel zu schnell.

Diese dämlichen Landeier. Dann überhol doch, du Bauer.

Aber das Auto überholte nicht, sondern schloss auf, bis es kaum einen halben Meter hinter ihm war, obwohl die Straße vor ihm frei war.

Der Typ wollte nicht überholen. Der hatte es auf ihn abgesehen.

Çoban drückte den Fuß aufs Gaspedal und machte ein paar Meter gut. Er sah in den Rückspiegel.

Es war ein schwarzer Volvo-SUV. Das Nummernschild war nicht zu erkennen, es war, soweit er sehen konnte, komplett verdreckt, dabei schien der Wagen ansonsten blitzblank. Vom Fahrer war nur ein Schemen zu sehen, aber Çoban glaubte zu erkennen, dass er eine schwarze Sturmhaube trug, die nur Löcher für Augen und Mund hatte.

Was zum Teufel …?

Das Auto schloss wieder auf. Ein kurzer Blick auf den Tacho: Sie fuhren jetzt beide knapp hundert Stundenkilometer.

Wegfahren konnte er seinem Verfolger nicht. Bremsen war auch keine Option.

Was wollte der Typ bloß von ihm? Ihn unschädlich machen? Klar, der würde ihn von der Straße drängen, dass er am Baum landete. Und der dämliche Dorfbulle Wernersen würde einen Verkehrsunfall diagnostizieren. Zu schnell gefahren, der dämliche Großstädter. Selber schuld. Typisch Türke.

Es half nichts. Er musste unbeschadet Grevshagen erreichen. Wo andere Menschen waren. Potenzielle Zeugen.

Aber bis dahin war es noch mindestens ein Kilometer.

Der Motor des Wagens hinter ihm heulte auf, er setzte sich wieder direkt hinter Çoban. Jeden Moment würden sich die Stoßstangen berühren, und sobald er ins Schlingern geriet, war es aus mit ihm in seiner Achtzigerjahre-Blechkiste. Er hatte ja nicht mal Airbags.

Ein Audi als vollverzinkter grüner Sarg. Passte ja fast schon wieder.

Es sei denn …

Çoban riss das Steuer nach links herum, trat die Bremse durch bis zum Bodenblech und zog gleichzeitig die Handbremse mit einem Ruck bis zum Anschlag hoch.

Es quietschte ohrenbetäubend, und Çoban spürte, wie sich sein Wagen um die eigene Achse drehte.

Dann stand er, und alles war still.

Çoban schloss kurz und fest die Augen und atmete ein und aus. Dann öffnete er das Handschuhfach, griff nach seiner Dienstpistole, riss die Tür auf und sprang aus dem Wagen. Noch in der Bewegung entsicherte er die Waffe.

Der schwarze Volvo war zehn Meter weiter mit tuckerndem Motor zum Stehen gekommen.

»Hände hoch, raus aus der Karre!«, schrie Çoban.

Er hatte kaum das letzte Wort gerufen, da heulte der Motor auf, und der SUV gab Gas. Einen Augenblick später war er in der Dunkelheit verschwunden.

Çoban hörte das Blut in den Ohren rauschen.

Hätte er schießen sollen?

Seine Beine zitterten. Er ging an den Straßenrand und setzte sich in den Kegel seiner Scheinwerfer. Das Rauschen wurde lauter. Dann wurde ihm schwarz vor Augen.

Früher

Ein Dreivierteljahr ist es her, dass er in die Pflegefamilie gekommen ist. Die Frau darf er Mutti nennen, zum Mann soll er Vater sagen. Vater mag ihn wohl nicht besonders, er redet nie mit ihm und kümmert sich nicht um ihn, und er hat schon zweimal eine Ohrfeige bekommen, weil er bei Tisch geredet hat, ohne dass Vater ihn etwas gefragt hat.

Aber Mutti mag ihn, ganz bestimmt, sie gibt ihm abends immer einen Gutenachtkuss auf die Stirn und sagt: »Schlaf gut, mein Kleiner.« Das ist schön, dann weiß er: Hier ist mein neues Zuhause. Und dann denkt er nicht mehr an früher, an das Heim. Deshalb hilft er Mutti auch gern bei vielen Sachen, er trägt ihr die schweren Einkaufsnetze und schiebt ihr den Kinderwagen in den Park. Sie hat eine Krankheit, dass die Muskeln langsam schwächer werden, er hat es nicht ganz genau verstanden, hat aber auch nicht gewagt nachzufragen.

In der Schule hat er noch keine Freunde gefunden. Er ist jetzt in die vierte Klasse gekommen, aber der Unterricht macht keinen Spaß. Nur Kunst. Malen ist schön, und das kann er auch ganz gut.

In der Pause sitzt er allein auf einer Bank und isst das Brot, das Mutti ihm geschmiert hat.

Ein hässliches Mädchen mit Brille, die heißt Friedel, alle sagen immer die dumme Friedel zu ihr, weil sie nie etwas kapiert. Also, die dumme Friedel hat sich zu ihm setzen wollen, aber er hat gesagt: »Hier ist besetzt, hau ab!«

Er merkt, dass die anderen ihn komisch finden. Wenn er mit der dummen Friedel auf der Bank sitzt, wäre er ja noch komischer.

Auch nach einem Dreivierteljahr ist er immer noch der aus dem Heim. »Der aus dem Heim, der hat 'nen Dachschaden«, hat Uwe neulich hinter seinem Rücken gesagt, und er hat sich umgedreht und Uwe angeguckt, und da hat er plötzlich gemerkt: Uwe hat Angst vor ihm.

Es ist das erste Mal gewesen, dass jemand vor ihm Angst hat und nicht andersherum. Ein komisches Gefühl, aber nicht schlecht.

Gar nicht schlecht.

12

»Was ist denn mit Ihnen los? Haben Sie gesoffen?«

Çoban sah in ein ihm unbekanntes rotes Gesicht. Ein Mann um die siebzig, der mit besorgter Miene neben ihm kniete. Er war offenbar mit dem Fahrrad unterwegs, zumindest trug er einen Helm. Und als Çoban sich umsah, entdeckte er auch das Fahrrad, das neben seinem Auto stand.

»Danke«, sagte Çoban. »Es geht schon. War wohl nur … Danke.« Er rappelte sich auf. »In welcher Richtung liegt Harmsbüttel?«

Der Mann zeigte in die Richtung, in die die Scheinwerfer strahlten. Çobans Audi stand halb auf dem Grünstreifen zwischen Fahrbahn und Radweg. Er musste sich anderthalbmal um die eigene Achse gedreht haben.

Hoffentlich fuhr das Auto noch.

Der Fremde sah Çoban kopfschüttelnd zu, wie er sich hinters Steuer setzte und den Motor anließ.

Çoban nickte dem Mann noch einmal zu und gab zögerlich Gas. Das Auto rollte an. Alles war gut.

Plötzlich stand der alte Mann vor ihm im Scheinwerferlicht und wedelte mit den Armen. Çoban bremste scharf, der Mann stützte sich auf der Motorhaube ab. Es hätte nicht viel gefehlt, und er hätte den Kerl überrollt. Was war denn mit dem?

Çoban kurbelte die Scheibe herunter. »Kann ich Ihnen irgendwie helfen?«

Der Mann kam zum Fenster. »Sie mir nicht, aber ich Ihnen vielleicht.«

Was sollte das denn heißen? Moment! Wo war der eigentlich hergekommen? Hatte der was mit dem Volvo von vorhin zu tun? War das vielleicht sogar der Fahrer?

Çoban öffnete die Fahrertür und stieg zögerlich aus. Den Mann behielt er die ganze Zeit im Blick.

Der Mann zeigte ins Gras, ungefähr dorthin, wo Çoban gerade gesessen hatte.

»Was ist denn?« Çoban war auf alles gefasst, wie ein Raubtier zum Sprung bereit.

Da lag etwas auf dem Grünstreifen.

Çobans Pistole.

»Gehört das Ihnen, das Ding?«, fragte der Mann.

»Oh!« Çoban wurde ganz warm im Gesicht. Gott, war das peinlich. Er überlegte, ob er dem Mann seinen Dienstausweis zeigen sollte. Stattdessen murmelte er nur »Polizei«, nahm die Waffe und stieg schnell wieder ein.

Dann ließ er den Motor an, wendete und fuhr weiter in Richtung Grevshagen.

Kaum hundert Meter weiter fuhr er rechts ran, öffnete die Tür und erbrach sich auf die Fahrbahn.

Später

»Was war denn mit Ihrem Vater? Verraten Sie mir das?«

»Ach, da war gar nichts weiter, alles halb so schlimm. Also, insgesamt schon schlimm, aber jetzt nicht so akut, dass wir in die Klinik gemusst hätten. Trotzdem wäre ich natürlich beruhigter gewesen, wenn er seinem Arzt sofort von den Schmerzen erzählt hätte.«

»Was für ein Arzt ist das denn?«

»Ein freier Onkologe, davon gibt es da oben bei Lübeck nicht so viele. Ich bin ganz froh, dass er so persönlich betreut wird.«

»Möchten Sie mir ein bisschen über Ihr Verhältnis zu Ihrem Vater erzählen? Verstehen Sie sich gut?«

»Ja, ganz okay. Wollen wir nicht lieber ... Hm.«

»Was denn?«

»Ich wollte sagen: Mühle spielen. Aber so richtig spannend ist das ja doch nicht.«

»Lieber wieder Halma?«

Çoban atmet tief ein und aus. »Nee danke.«

»Und nach der Sache mit dem Wagen sind Sie dann zu Ihrem Vater?«

»Genau. Natürlich waren die Telefonnummern nicht verschwunden, und ich habe ihm noch einmal gezeigt, wie er Doktor Heydemann anruft. Als ich ankam, waren die Schmerzen schon nicht mehr so schlimm. Hat er zumindest behauptet. Aber ich merke inzwischen, wie es ihm geht, da kann er mir nichts vormachen.«

»*Dann haben Sie ja doch ein ganz inniges Verhältnis.*«
»*Ach Gott, was heißt schon innig? Früher hab ich nicht viel von ihm gehabt, er war ständig im Geschäft, und mich wollte er da nicht haben, ich sollte immer Schulaufgaben machen, selbst wenn ich gar keine aufhatte.*«
»*Und Ihre Mutter?*«
»*Die ist gestorben, als ich noch klein war.*«
»*Das hat Sie sehr mitgenommen?*«
»*Was ist denn das für eine Frage, logisch.*«
»*Woran ist sie denn gestorben?*«
»*Gleich ist die Zeit auch schon wieder um, oder? Ich hab nämlich noch den ganzen Schreibtisch voll.*«

13

Samstag, 15. Mai 2021

»Baba, lass mal, ich bin satt.«

»Du musst doch wieder zu Kräften kommen, mein Sohn! Ramadan war lang genug.«

»Aber ich kann wirklich nicht mehr.«

»Und ich mag nicht essen, wenn dein Teller leer ist. Und da ist noch was von dem Menemen, komm, das tu ich dir noch auf.«

»Na gut. Danke.«

»Wenn Mama nur ordentlich gegessen hätte, vielleicht würde sie noch leben.«

»Baba, das ist ja nun wirklich Quatsch.«

»Ich weiß nicht. Ich weiß nicht. Sie war immer so dünn.«

»Das hat doch nichts damit zu tun. Mama ist …«

»Still, ich will nicht darüber reden.«

»Aber du hast doch davon angefangen.«

»Na und, jetzt habe ich es mir eben anders überlegt.«

»Apropos, wir rufen gleich mal bei Doktor Heydemann an.«

»Aber ich habe gar keine Schmerzen mehr.«

»Wirklich nicht?«

»Nein.«

»Baba, ich sehe dir doch an, dass das nicht stimmt.«

»Gut, gut. Aber es ist wirklich fast nichts.«

»Wie sind denn deine Werte? Hast du den letzten Zettel von Doktor Heydemann hier irgendwo?«

»Ich muss gucken.«

»Soll ich mir denn gleich mal dein Handy anschauen?«

»Wieso? Was ist damit?«

»Du hast doch gesagt, alle Nummern sind weg.«

»Nein. Wieso? Wie hätte ich dich denn dann anrufen können?«

»Äh …«

»Was ist das eigentlich für ein Fall, an dem du arbeitest?«

»Wieder mal ein unbekanntes Mordopfer.«

»Und, weißt du schon, wer der Mörder ist?«

»Wir wissen ja noch nicht mal, wer der Tote ist.«

»Das ist schlecht.«

»Dafür haben wir schon einen zweiten Toten. Einen Pfarrer.«

»Einen Pfarrer? Wer tötet denn einen Pfarrer?«

»Es scheint, als hätte er sich selbst umgebracht, aber so ganz überzeugt bin ich nicht.«

»Natürlich nicht. Das darf der doch gar nicht.«

»Wie meinst du das?«

»Allah gibt das Leben, und Allah nimmt das Leben. Das ist bei Christen doch auch so. Selbstmord ist eine große Sünde.«

»Selbstm… – Ja, schon, Baba, aber das heißt ja nicht, dass nicht auch ein Pfarrer verzweifelt sein kann.«

»Du sagst doch selbst, du hast Zweifel.«

»Ja, aber nicht deshalb. Sondern weil … Egal.«

»Nie erzählst du mir was.«

»Baba, das sind Interna. Dienstgeheimnisse. Die kann ich nicht einfach so weitertragen.«

»Bestimmt hat der Mörder auch den Pastor umgebracht. Und weißt du was?«

»Na?«

»Am Ende ist es bestimmt einer, von dem man es gar nicht vermutet.«

»Hm.«

»Mit wem arbeitest du denn da zusammen?«

»Mit einer Kommissarin aus Ratzeburg.«

»Eine Frau? Ist sie nett?«

»Ja, sie ist nett.«

»Wäre die nicht was für dich?«

»Vielleicht. Wenn sie nicht einen Mann und zwei Kinder hätte.«

»Siehst du? Alle sind verheiratet und haben Kinder. Wenn du nicht aufpasst, bist du irgendwann ganz allein und bekommst niemanden mehr ab.«

»Schon gut, Baba.«

»Ich würde so gerne noch einen Enkel in den Armen halten.«

»Ja, Baba.«

»Das wäre mein größtes Glück. Warum besuchst du nicht mal deinen Onkel Ömer in Zonguldak?«

»In Zonguldak? Was soll ich denn da?«

»Der hat mir neulich erst geschrieben, er hat einen jungen Freund, Hamza, hieß der, glaube ich. Oder? Ja, Hamza. Und der hat drei Töchter, und zwei sind noch zu haben. Die sind so Mitte, Ende zwanzig. Genau richtig.«

»Genau richtig? Baba, ich bin schon über vierzig. Was soll ich denn mit einer Zwanzigjährigen? Und um eine

Frau zu finden, fahre ich bestimmt nicht ... Was ist denn heute mit dir los?«

»Ach, mein Sohn, es geht mit mir zu Ende.«

»Wie bitte?«

»Es geht zu Ende, ich weiß es.«

»Wieso, hat der Doktor etwas gesagt? Wo sind deine letzten Befunde?«

»Ach, hör doch auf. Befunde, Befunde. Ich weiß, dass ich nicht mehr lange habe. Zehn, vielleicht noch zwanzig Jahre. Dann muss ich sterben.«

»Meine Güte, jag mir doch nicht so einen Schrecken ein. Ich dachte schon.«

»Wie, du dachtest schon? Ich erzähle dir, ich muss sterben, und dir ist das ganz egal? Allah, womit habe ich das verdient?«

»Baba ...«

»Dann such dir wenigstens eine deutsche Frau.«

»Jaja.«

»Und mach ein Kind. Oder zwei.«

»Ist ja gut.«

»Und jetzt nimm noch was von dem Menemen, bevor es kalt wird.«

»Ich bin wirklich satt.«

»Keine Widerrede.«

Früher

Es ist das dritte Mal gewesen. Wieder am Waldrand, sie war wieder auf dem Fahrrad, aber da muss sie nun einmal lang, wenn sie vom Flöten kommt.

Sie haben schon auf sie gewartet. Und sie haben gesagt, wenn sie sie nicht machen lassen, erzählen sie alles ihren Eltern, und dann kriegt sie erst recht Ärger, weil sie so ein Flittchen ist. Und davor hat sie noch mehr Angst als vor allem anderen.

Wenigstens hat sie diesmal schon gewusst, was sie erwartet und wie sie sich schützen kann, sie denkt einfach an etwas ganz anderes, und dann spürt sie die Hände und die Münder gar nicht.

Sie hat das Gefühl, heute ist es schneller gegangen als letztes Mal. Vielleicht hat sie Glück und es wird ihnen langweilig, dann suchen sie sich eine andere, mit der sie das machen können.

Sind Jungs nicht so? In ihren Büchern manchmal schon.

Wenigstens haben sie ihr nicht noch einmal die Kleidung zerrissen. Mamas Ohrfeigen haben so wehgetan. Vor allem innen, in ihr drin, weil es so ungerecht war, und als sie angefangen hat zu weinen, hat sie noch eine gekriegt, und Mama hat gesagt: »Warte, bis dein Vater nach Hause kommt. Dann setzt es was.«

14

Sonntag, 16. Mai 2021

Rolf Kaan wohnte in einer Sackgasse in einem ruhigen Wohngebiet im Norden von Eckernförde. Das etwas in die Jahre gekommene Einfamilienhaus mit Jägerzaun und einem Elektro-Smart unter dem Carport war lauschig gelegen und von hohen Laubbäumen umgeben.

Çoban parkte an der Straße und betrat das Grundstück durch die Gartenpforte. Sein erster Gedanke, als er den Garten sah, war: Kaan hat es sicher nicht leicht in dieser Nachbarschaft. Denn anders als die angrenzenden Häuser hatte der Vorgarten der Nummer 14 keine akkurat gemähte Rasenfläche zu bieten und keine gejäteten Blumenbeete – hoch und wild wuchs das Gras, Wiesenblumen blühten darin, Brennnesseln und Disteln wucherten am Rand. Die Steinplatten, die von der Pforte zum Haus führten, waren teilweise von den Wurzeln der Pflanzen aus dem Sandbett gehoben worden.

Ein Garten mit Charakter. Kaum zu glauben, dass hier ein ehemaliger Kriminalhauptkommissar wohnte.

Çoban hatte sich für zwölf Uhr angemeldet. Es war erst zehn vor, aber er hatte keine Lust gehabt, im Auto sitzen zu bleiben, nur um pünktlich zu sein.

Er klingelte. Aus dem Haus war Musik zu hören, laute Rockmusik. Die Haustür wurde geöffnet, und dahinter stand ein hagerer Mann mit schulterlangem weißem Haar, ebenso weißem Schnurrbart und gebräunter, faltiger

Haut, der ausgewaschene Bluejeans trug und ein schwarzes T-Shirt.

KHK a.D. Rolf Kaan hatte rein äußerlich kaum Ähnlichkeit mit dem Fachbereichsleiter an der Hochschule, der er vor fünfzehn Jahren gewesen war. Nicht nur, dass er damals stets einen Dreiteiler mit Krawatte getragen hatte; seither hatte der Mann mindestens dreißig Kilo abgenommen.

»Moin!«, rief Çoban über die Musik hinweg durch seinen Mund-Nasen-Schutz. »Wir haben telefoniert. Taifun Çoban.«

»*Merhaba*«, entgegnete Kaan und grinste. »*Nasılsınız?*«

Çoban nickte und wollte gerade antworten, als Kaan hinterherschob: »Das ist leider das einzige Türkisch, das ich kann. Nein, Moment: *çok güzel* geht auch noch. Das war's dann aber auch. Kommen Sie doch rein. Die Maske können Sie ruhig ablegen, ich nehme an, wir sind beide geimpft?« Der Hausherr ging voraus ins Wohnzimmer. »Zehn Minuten vor der Zeit ist des Soldaten Pünktlichkeit, was?«, rief er und lachte. Er ging zur Stereoanlage und stellte die Musik leiser. »Du glaubst doch nicht im Ernst, dass ich mich nicht an dich erinnere«, sagte Kaan und grinste. »Du warst einer meiner besten Schüler. Übrigens, es ist hoffentlich okay, wenn wir uns duzen?«

»Ja, natürlich.« Das wäre seinem Mentor früher, so gut sie sich immer verstanden hatten, ebenfalls nie über die Lippen gekommen.

Çoban sah sich um. Die Einrichtung war viel moderner, als das Äußere des bieder wirkenden Hauses und das Alter des Hausherrn es vermuten ließen. Sie war geradezu minimalistisch. Eine Sitzgarnitur aus schwarzem Leder, ein Couchtisch mit Chromgestell und Glasplatte. Nur zwei Bilder an den weißen Wänden, großformatig und gerahmt, ein dunkler, zerwühlter Ozean, und Çoban hätte nicht sagen können, ob es Gemälde oder Fotografien waren.

»*Exile on Main Street*«, verkündete Kaan und deutete auf eine gewaltige Lautsprecherbox, die neben einem schwarzen Bücherregal stand. »Eine der besten Platten aller Zeiten. Früher hab ich eher härtere Sachen gehört, aber jetzt im Alter bin ich irgendwie zu den Stones zurück.«

Der Hausherr ging voraus auf die Terrasse. Sie setzten sich an einen großen Tisch im Schatten einer Markise.

»Fünfundsechzig in der Ernst-Merck-Halle, das war mein erstes Konzert«, fuhr er fort. »Ausgerechnet an meinem einundzwanzigsten Geburtstag. Für mich war das wie ein Zeichen. Wochenlang hab ich mich darauf gefreut. Und dann war nach zwanzig Minuten schon wieder Schluss. Wir standen da und haben uns die Seele aus dem Leib gebrüllt. Und vor der Halle haben die, die nicht reingekommen waren, alles kurz und klein geschlagen. Autos umgekippt, Mülleimer angezündet. Ein kleiner Vorgeschmack auf die Unruhen zwei, drei Jahre später. Da war ich dann schon auf der anderen Seite, sozusagen.«

Auf dem Tisch standen zwei Gläser und ein großer Krug mit Wasser und Eiswürfeln. Kaan schenkte, ohne zu fragen, ein, und Çoban nahm das Glas dankbar entgegen.

»Ich hab mich dann schnell für andere Musik interessiert«, erzählte Kaan. »The Who, Birth Control, dann

Black Sabbath und so. Bei den Stones war ich erst wieder vorletztes Jahr, hier im Stadtpark. Da dachte ich, die sind bald über achtzig, wer weiß, ob ich die noch mal zu sehen bekomme.«

»War das nicht schon vor vier Jahren?«, sagte Çoban.

»Ernsthaft? Ja, kann sein. 2017. Meine Güte, die Zeit rast immer schneller, wenn man alt wird. Soll ich dir einen Tipp geben? Werd bloß nicht alt!«

»Ich geb mir Mühe.«

Kaan lachte. »Das ist die richtige Einstellung. Auf jeden Fall haben die Stones diesmal zweieinhalb Stunden gespielt, nix mit zwanzig Minuten. Wobei, so wie damals hat mich das auch nicht mehr gepackt.«

Vor ihm auf dem Terrassentisch stand ein großer Aschenbecher, und darin lag etwas, das wie ein großer Joint aussah. Kaan zündete es an, paffte ein paarmal und nahm dann einen tiefen Zug. Er hielt die Luft an, schloss die Augen. Nach ein paar Sekunden blies er langsam den Rauch aus.

Der Duft bestätigte Çobans Vermutung: Marihuana.

»Willst du auch mal?«, fragte der Ex-Kommissar und hielt Çoban den Joint hin.

»Nein danke. Das ist nett, aber ich rauche nicht. Also, nicht mehr.«

Kaan lehnte sich im Stuhl zurück. »Ist übrigens alles legal«, sagte er und wies auf den Joint, den er im Aschenbecher abgelegt hatte und der schon wieder ausgegangen war. »Ich bekomm das Gras auf Rezept, für meinen Grünen Star. Hilft aber auch gegen Asthma. Okay, der Tabak vielleicht nicht. Aber ich hab mal so einen Verdampfer ausprobiert, damit komm ich nicht zurecht.«

Çoban hätte ihm gerne ein paar Tipps gegeben, wollte sich aber lieber keine Blöße geben. Zumal er keinen Grünen Star als Ausrede hatte, warum er zu Hause hin und wieder Gras rauchte.

Außerdem war er ja wegen etwas ganz anderem hier. Er holte sein Notizbuch aus der Umhängetasche und schlug es auf. »Ich hatte ja schon angedeutet, worum es geht.«

»Die Sache in Harmsbüttel. 1980.«

»Genau.«

»Harmsbüttel war meine Achillesferse, sag ich immer. Eine furchtbare Geschichte. Die Ermittlungen wurden viel zu früh eingestellt. Zuerst hat die Polizei aus dem Nachbarort ermittelt. Grevenheim oder so.«

»Grevshagen.«

»Kann sein. Das war eine einzige Schlamperei. Zeugenaussagen haben gar nichts ergeben, offenbar hatte niemand im Dorf den Mann gemocht. Falk Richertz. Kunstmaler. Hatte nur ein Auge. Im Dorf haben sie ihn den ›Einäugigen‹ genannt. Und als dann herauskam, dass er dieses arme Mädchen im Keller eingesperrt hatte, war natürlich alles aus. Da gab sich die Polizei auch keine Mühe mehr, nachzuweisen, dass jemand das Haus in Brand gesteckt hatte. Alle waren froh, dass der Kerl weg war.«

»Ich weiß noch, dass wir das damals im Unterricht durchgenommen haben, aber ich muss gestehen, so ganz genau kann ich mich daran nicht mehr erinnern. Gab es denn konkrete Hinweise auf Brandstiftung?«

Kaan nickte. »Nicht nur auf Brandstiftung, auch auf Mord. Immerhin gab's an der Leiche Spuren von Fremdeinwirkung.«

»Der Hammer.«

»Ganz genau. Ein bisschen was weißt du doch noch, was?« Kaan griff wieder nach dem Joint und nahm einen tiefen Zug. Er schloss die Augen, während er den Rauch langsam durch den offenen Mund entweichen ließ. »Das muss man sich mal vorstellen: die Reste eines Hammers in der Nähe der Leiche, und was behauptet die Polizei? Die haben zuerst gesagt, nachdem er versehentlich mit Terpentin die Bude in Brand gesteckt hatte, hätte er mit dem Hammer die Scheibe der Terrassentür einschlagen wollen. Und als sich dann herausstellte, dass er eine Kopfverletzung hatte, zu der der Hammer passte, hieß es, damit hat er sich selbst erschlagen. Aus Versehen.«

»Das kann doch niemand ernst genommen haben.«

Kaan zuckte die Achseln. »Damals wohl schon. Allerdings gab es unterschiedliche Angaben, wo die Reste des Hammers gefunden wurden, ob direkt beim Toten oder ein Stück entfernt im Flur. Nicht einmal das war ordentlich dokumentiert worden. Das muss man sich mal vorstellen! Ich war KK in Ratzeburg, und als ich mitbekam, was da gelaufen war, und mich näher erkundigen wollte, sagte man mir: Lass man, der Fall ist zu den Akten gelegt. Dabei war ja schon wieder ein Kind verschwunden, ein Junge aus dem Dorf. Von zu Hause weggelaufen. Direkt nach dem Brand. Ich weiß noch, ich bin zu meinem Chef, um ihm meine Bedenken mitzuteilen, aber der hat mich regelrecht abgewimmelt. Wir hätten genug anderes zu tun. Das stimmte sicher auch. Trotzdem hat mich der Fall nie losgelassen.« Kaan nahm einen weiteren Zug, dann legte er den Joint wieder im Aschenbecher ab. »Aber sag mal, warum interessiert dich das? Rollst du den Fall wieder auf, oder wie?«

»Nein, das nicht«, räumte Çoban ein. »Das heißt: vielleicht. Ich weiß es noch nicht.«

Çoban erzählte, worum es bei seiner Ermittlung ging und wie der Stand der Dinge war. Kaan hörte aufmerksam zu. Çoban schloss mit dem Foto, auf dem sie Karl Frey identifiziert hatten. Was den Suizid betraf, bestärkte Kaan seinen ehemaligen Schüler in seinen Vorbehalten. Am Ende bat er darum, das Bild anschauen zu dürfen, und Çoban zeigte es ihm.

»Das ist er, da rechts!« Kaan zeigte auf den Jungen mit braunem Haar und rotem T-Shirt, der am rechten Bildrand ein wenig abseits stand. »Der, der damals verschwunden ist. Mein Gott, wie hieß der noch?«

»Was genau heißt denn: verschwunden?«

»Von zu Hause ausgerissen, hieß es. Er hatte wohl eine Tasche mit Sachen gepackt, ein paar Klamotten, seinem Lieblingsbuch, Musikkassetten, so was halt. Also keine Entführung. Der war fünfzehn, glaube ich. Ich hab mich damals lange mit den Eltern unterhalten, und die haben mir viele Fotos gezeigt. Ich glaube, das hat mich ziemlich beeindruckt. Martin. Ich glaube, der hieß Martin. Oder Matthias. Auf den Nachnamen komme ich nicht mehr. Da müsste ich mal nachgucken, ich hab Kopien von den alten

Akten auf dem Dachboden. Und noch einiges an Kram, den ich gar nicht erst ins Archiv gegeben hab.«

Martin. Wie auf dem Erpresserbrief. Also war der Junge von damals der Erpresser? Und vielleicht auch der Tote aus der Baugrube? Das Alter passte. Und der Rest ebenfalls. Von zu Hause weggelaufen, auf die schiefe Bahn geraten, Drogen, Obdachlosigkeit, Kriminalität. »Schau mal hier.« Çoban holte das andere Foto hervor. »Das hier ist unser nicht identifiziertes Mordopfer. Meinst du, das ist der Junge von damals?«

Kaan sah sich das Foto aufmerksam an. Er schüttelte den Kopf. »Kann ich unmöglich sagen. Vielleicht wenn ich den Jungen mal kennengelernt hätte. Aber ich hab ja nur Fotos gesehen.«

»Und weißt du noch, ob er damals Freunde hatte? Hast du dich mit denen unterhalten?«

»Du meinst die anderen Jungs auf dem Foto? Tut mir leid, keine Ahnung. Das ist ja auch vierzig Jahre her. Aber wie gesagt, wir können mal nachschauen auf dem Dachboden.«

Sie wurden tatsächlich schnell fündig, und schon fünf Minuten später trug Çoban einen Pappkarton mit mehreren Aktenordnern die schmale Holzleiter herunter.

»Willst du den Krempel mitnehmen?«, fragte Kaan.

»Sehr gerne.«

»Ich muss dich nämlich leider demnächst schon rausschmeißen. Meine Tochter kommt nachher mit den Kindern zu Besuch.«

»Deine Tochter? Die heißt nicht zufällig Fanta?«

Kaan sah ihn entgeistert an. »Wenn das ein Witz sein soll, verstehe ich ihn nicht.«

»Schon gut.« Çoban winkte ab. »War nur so ein Gedanke. War aber eh Quatsch.«

Er packte den Karton mit den Akten in seinen Audi, verabschiedete sich und machte sich auf den Weg nach Kiel.

Einmal noch im eigenen Bett schlafen.

Immerhin, sie waren wieder einen Schritt weiter. Hoffte er zumindest. Wobei er tief in seinem Inneren das Gefühl hatte, dass der Volvo, der ihn von der Straße hatte drängen wollen, nicht das letzte Unheil gewesen war, das ihm in Harmsbüttel drohte.

Später

»*Haben Sie öfter solche Vorahnungen?*«

»*Sie brauchen gar nicht so zu grinsen.*«

»*Ach, kommen Sie, ein bisschen Spaß muss sein. Außerdem: eine Vorahnung, dass irgendetwas schiefgehen würde – das ist einfach zu gut. Die könnte jeder den ganzen Tag lang haben, denn irgendetwas geht ja immer schief, oder? Wenn nicht heute, dann morgen. Bei wem läuft denn schon immer alles glatt?*«

Çoban verdreht die Augen. »*Wenn jetzt gleich noch ein Spruch kommt von wegen: Am Ende wird alles gut, und wenn es nicht gut ist, ist es nicht das Ende, schieß ich mir 'ne Kugel in den Kopf.*«

»*Sie werden verstehen, dass ich das jetzt nicht witzig finden kann*«, sagt die Psychologin streng. »*Gerade in unserem Kontext hier.*«

»*Sie haben recht, tut mir leid.*«

»*Bei mir müssen Sie sich nicht entschuldigen.*«

»*Bei wem denn dann?*«

»*Bei sich selbst vielleicht.*«

»*Geht das schon wieder los?*«

»*Mein lieber Herr Çoban, ich mache auch nur meinen Job. Ich bin in erster Linie hier, um Ihnen zu helfen.*«

»*Sehen Sie, das sagen Sie seit Wochen, aber ich habe nicht das Gefühl, dass Sie das wirklich tun, mir helfen. Dass das hier*« – er hebt die Hände und zeigt vage um sich herum – »*mir hilft.*«

»Oh doch, das tut es. Da können Sie sicher sein. Auf die eine oder andere Weise tut es das.«

»Wie meinen Sie das?«

»Selbst wenn Sie nach unserem letzten Treffen, sobald Sie hier rausgehen und alle Felder auf Ihrem Zettel ausgefüllt und abgehakt sind, also selbst wenn Sie dann sagen: Was für eine Scheiße, Therapie ist echt nichts für mich, dann sind Sie doch immerhin um eine Erkenntnis reicher.«

»Ich habe stark das Gefühl, dass ich das jetzt schon weiß.«

»Fühlen ist nicht wissen. Und was die Therapie betrifft: Wir haben ja noch nicht mal richtig angefangen.«

15

Noch am selben Abend wusste Çoban, dass der Junge, der damals verschwunden war, Martin Kornmeyer hieß. In den Unterlagen hatte er neben vielen inhaltlich leider eher mageren Polizeiberichten eine Kopie der Vermisstenanzeige gefunden.

Er erwog, Fanta Braun anzurufen, damit sie sich gleich morgens in ihrer Dienststelle an den Computer hängte, um herauszufinden, ob und wie Kornmeyer in den letzten Jahrzehnten polizeilich in Erscheinung getreten war. Aber dann entschied er sich doch dagegen. Er wollte die Arme nicht über Gebühr nerven, vielleicht war sie gerade erst mit Mann und Kindern von ihren Eltern wieder da. Und morgen früh musste sie wahrscheinlich wieder die Kinder in die Kita oder zur Schule bringen oder wohin auch immer. Wenn sie sich im Laufe des Tages um Kornmeyer kümmerte, würde das immer noch reichen.

Ein Ordner enthielt eine Reihe vergilbter Zeitungsausschnitte über den damaligen Fall. Viel Neues erfuhr er nicht, bei mehreren Details erinnerte er sich während des Lesens daran, sie damals im Seminar bei Kaan gehört zu haben.

Nach den Artikeln über das niedergebrannte Haus und das furchtbare Schicksal der elfjährigen Susanne Hansen folgten noch einige kleinere Zeitungsmeldungen darüber, dass »der 15-jährige Martin K. aus Harmsbüttel« vermisst wurde. Offenbar war seine Familie gerade erst aus

Süddeutschland in den Ort gezogen, der Vater arbeitete in Grevshagen. Martin war ihr einziges Kind. Çoban blätterte weiter, der nächste Artikel, eine Woche später, war ein wenig größer, und er enthielt zwei Fotos, eine Porträtaufnahme von Martin und eine Aufnahme mit mehreren Personen.

Das war ihr Foto! Das Bild mit den fünf Jungs. Als Bildunterschrift stand leider nur darunter: »*Martin K. (rechts) mit Freunden*«, und am rechten Rand statt des Namens des Fotografen »*privat*«.

Woher kam das Bild bloß? Ob man das in der Redaktion der Zeitung nach über vierzig Jahren noch nachvollziehen konnte? Wohl kaum. Die Frage war auch, was ihnen diese Information nützte. Derjenige, der es geschossen hatte, musste ja nicht derselbe sein, der das Foto in einen Umschlag gesteckt und ihm anonym hatte zukommen lassen.

Kam es von der Familie Kornmeyer? Ob die Eltern noch in Harmsbüttel wohnten? Ob sie überhaupt noch lebten? Wenn ja, dann konnten sie vielleicht auch die Leiche identifizieren. Denn noch hatten die Ermittler ja keinen Beweis, dass es sich bei dem Toten in der Baugrube um Martin Kornmeyer handelte.

Andererseits wäre das wohl der Gipfel der Grausamkeit. Falls ihr Sohn seit damals nicht mehr aufgetaucht war und sie ihn jetzt, mit über neunzig Jahren, nur als Leiche wiedersahen … Er mochte sich das gar nicht ausmalen.

Ob die Eltern noch lebten, ließ sich schnell herausfinden, das konnte Fanta morgen von ihrer Dienststelle aus erledigen.

Die Recherche, wer am Freitag versucht hatte, ihn von der Straße abzudrängen, wollte er ihr nicht auch noch aufs Auge drücken, dafür hatte er seinen Spezi beim LKA. Aber den würde er jetzt, am Sonntagabend, nicht mehr erreichen.

Eine ganz schöne Liste mit Dingen, die es morgen zu erledigen gab. Ein wenig früher ins Bett zu gehen als sonst, würde nicht schaden.

Schön, dass es sein eigenes war.

16

Montag, 17. Mai 2021

Um halb zehn parkte Çoban seinen Audi vor dem *Büttelkrog*. Die Wirtin war nirgends zu sehen, sein Zimmerschlüssel lag auf dem Tresen.

Na super, hätte ja jeder in sein Zimmer reingekonnt. Zum Glück hatte er da nichts Wertvolles gelassen.

Nachdem er seine Reisetasche ausgepackt hatte, versuchte er, seinen Kollegen Homann anzurufen. Schon wieder ging nur die Mailbox ran, wie schon den ganzen Morgen. Diesmal schrieb er ihm eine SMS:

Versuch bitte mal rauszufinden, wer in PLZ 23898 und Umgebung einen schwarzen Volvo-SUV fährt

Um zehn wollten sie sich bei Raimund treffen. Çoban checkte seine Mails: kein vorläufiger Bericht von KTU oder Rechtsmedizin in Sachen Pastor Frey. Dafür war es wohl auch noch ein wenig früh.

Als er die Treppe hinabstieg, hörte er Geräusche aus dem Gastraum. Vielleicht hatte er Glück und traf die Wirtin doch noch an. Er hatte. Sie war gerade dabei, einen Tisch abzuräumen, als Çoban den Gastraum betrat.

»Guten Morgen«, rief er durch den Raum. »Hätten Sie kurz Zeit?«

»Ach, da sind Sie ja wieder. Ich bin gleich bei Ihnen.« Sie hatte Geschirr und Besteck auf einem großen Tablett gestapelt und verschwand damit in der Küche. Eine halbe Minute später kam sie wieder, wischte sich die Hände an ihrer Schürze ab. »Möchten Sie doch noch frühstücken? Wir haben Gott sei Dank mal wieder ein paar Gäste, vielleicht normalisiert sich das Ganze ja endlich mal, wird langsam Zeit, nicht. Eine Familie aus Süddeutschland, sehr nett, bisschen redselig vielleicht. Machen hier Urlaub. Also, Frühstück?«

»Nein danke.«

»Haben Sie schon das vom Pastor gehört? Aufgehängt hat er sich. Meine Güte, ich bin nur froh, dass unsere Gäste nichts davon mitbekommen haben.«

»Ja, davon habe ich gehört.« Hatte es sich also schon herumgesprochen. Aber was hatte er auch erwartet, in einem Dorf mit fünfhundert Einwohnern?

»Ach ja, wie dumm von mir«, sagte die Wirtin, »ich hab fast vergessen, dass Sie auch Polizei sind. Meine Güte, erst dieser komische Kerl im Neubaugebiet und nu unser Karl.«

»Sind Sie eigentlich hier in Harmsbüttel aufgewachsen?«, fragte Çoban.

»Ja, wieso?«

Er holte das Foto aus der Umhängetasche und hielt es der Wirtin hin. »Haben Sie einen der Jungs hier schon einmal gesehen?«

Sie nahm ihm das Foto ab und betrachtete es eingehend. »Das ist aber schon ein bisschen her, oder?«

Çoban nickte. »1980, soviel wir wissen.«

»Meine Güte. Aber klar, die kenn ich. Börge Hartmann, Karl Frey, Frank Jochimsen, Konrad und hier rechts, das ist dieser eine, der damals weggelaufen ist, meine Güte, wie hieß der denn noch … Martin. Martin hieß der.«

»Sind Sie ganz sicher?«

»Na klar, ich bin doch mit denen aufgewachsen. Mit Börge war ich in einer Klasse, und er und die anderen drei waren eine richtige Clique.«

»Nur drei?«

»Ja, bis auf den Martin. Der war damals neu hierhergezogen. Und dann ist er von zu Hause weggelaufen und nie wieder aufgetaucht. Ich glaube, das war kurz nach der Geschichte mit dem Maler und diesem armen Mädchen im Keller. Meine Güte, das war furchtbar. Da habe ich ja ewig nicht dran gedacht. 1980. Über vierzig Jahre. Wissen Sie, das Haus ist damals abgebrannt.«

»Ich habe davon gehört.«

»Furchtbar, furchtbar.«

Çoban holte die rekonstruierte Aufnahme des unbekannten Toten aus der Tasche. »Meinen Sie, dass das hier vielleicht dieser Martin ist?«

Die Wirtin sah sich das Bild an. Sie deckte mit einer Hand den Vollbart ab. »Schwer zu sagen. Aber kann schon sein. Fragen Sie doch Börge, der weiß das vielleicht eher.«

»Der wohnt noch hier?«

»Ja klar, hinten am Dorfteich rechts rein.«

Hartmann, natürlich. Bei der Befragung letzte Woche. Der Typ mit dem Stiernacken, der gesagt hatte, Çoban solle sich zum Teufel scheren. Ausgerechnet. Und er hatte noch gedacht, dass der Kerl einen Sekundenbruchteil gezögert hatte, als er ihm das Foto des Toten gezeigt hatte. Hatte seine Intuition ihn doch nicht getrogen.

Çoban holte Notizbuch und Kugelschreiber aus der Tasche. »Also, Börge Hartmann.« Er schrieb den Namen auf. »Und die anderen? Frank ...«

»Jochimsen«, half die Wirtin. »Der ist später zum Studium weg. Na ja, und dann der arme Konrad.«

»Wieso ›der arme‹?«

»Der hat sich doch umgebracht. Konrad Krasinski. Wann war das, vor fünf, sechs Jahren. Das war auch so eine Sache. Die Silke hat den armen Konrad damals gefunden. Silke Wernersen. Ich weiß gar nicht mehr, wieso. Irgendwas mit der Poststelle. Die hatte Konrad den Wernersens doch besorgt, der war ja irgendwas bei der Post, Disponent oder so was. Silke war ja ganz lange mit Konrad zusammen, das war aber vor Raimund. Sie ist waschechte Harmsbüttelerin. Auf jeden Fall hat Silke den armen Konrad gefunden, der hatte sich mitten im Wohnzimmer aufgehängt. Meine Güte, die Arme, ich darf gar nicht daran denken.«

Çobans Handy klingelte in der Tasche. »Das ist wirklich schrecklich«, sagte er zur Wirtin. Richtig teilnahmsvoll klang es nicht.

Das Display sagte *Rechtsmedizin Kiel.* »Entschuldigen Sie, das ist dienstlich.«

Die Gastwirtin sah ihn ratlos an. »Furchtbar, das alles, finden Sie nicht?«

Früher

Vaters Gürtel tut fast genauso weh wie der Stock, mit dem der Alte ihn verprügelt hat. Er kann doch nichts dafür, dass er lachen musste! Vater hat beim Abendessen etwas von der Arbeit erzählt, über einen Mann, über den er sich geärgert hat und der mit Nachnamen Pavian heißt.

Das war so komisch, dass er lachen musste, obwohl er den Mund voll hatte, und es sind Stückchen auf der Tischdecke gelandet. Er hat es wirklich nicht gewollt, er hat halt lachen müssen.

Vater ist aufgestanden, hat ihn am Arm gepackt, und er hat mitkommen müssen ins Schlafzimmer, und da hat er einen Gürtel aus dem Schrank genommen.

Er musste aber nicht die Hose herunterziehen, wie früher im Heim, sondern das Hemd. Dann kamen die Schläge, zehn Stück, er hat laut mitzählen müssen. Als er bei fünf war, haben seine Beine angefangen zu zittern, aber er hat durchgehalten.

Es ist das erste Mal gewesen, dass Vater ihn geschlagen hat, und er hofft, dass es auch das letzte Mal war. Ab sofort wird er versuchen, beim Essen nur noch ganz kleine Bissen zu nehmen und immer sofort herunterzuschlucken.

Hinterher ist Mutti gekommen und mit ihm ins Badezimmer gegangen, und da hat sie ihm eine Creme auf die Stellen getan, die hat sehr schön gekühlt. Dann hat sie ihm den Kopf gestreichelt und ihm einen Kuss auf die Stirn gegeben. Sie hat kein Wort gesagt.

Er hat sich später im Spiegel seinen Rücken angeschaut, der war ganz rot. In seinem Hemd waren rote Flecken, als er sich ausgezogen hat. Hoffentlich macht er den Schlafanzug nicht auch schmutzig. Jetzt im Bett tut es immer noch weh, aber wenn er auf der Seite liegt, merkt er nichts.

Wie sich das wohl anfühlt, jemandem wehzutun?

17

Im Wohnzimmer der Wernersens berichtete Çoban zunächst von dem Angriff auf ihn am Freitag auf der Landstraße. Auf die Frage, ob er jemanden im Ort kenne, der einen schwarzen Volvo-SUV fahre, wusste Wernersen nur zu erwidern, einen SUV fahre ja hier jeder Zweite. Und mit Automarken habe er es nicht so. Aber er könne ja noch mal nachdenken.

Als Nächstes erzählte Çoban von seiner Unterhaltung mit dem ehemaligen Dozenten an der Polizeischule und dem Karton mit den Akten, und dann verriet er schließlich, dass die Wirtin des *Büttelkrogs* gerade alle fünf Jugendlichen auf ihrem Foto identifiziert hatte. Er klemmte den Abzug am Flipchart fest und schrieb darunter:

Börge Hartmann
Karl Frey †
Frank Jochimsen
Konrad Krasinski †
Martin Kornmeyer †?

»Also müssen wir drei der fünf nicht mehr befragen«, resümierte Braun. »Falls dieser Martin von damals wirklich unser Mordopfer ist.«

»Ich habe übrigens gerade noch einen Anruf aus Kiel bekommen, der Erstbefund der Rechtsmedizin zu Frey sagt: Tod durch Ersticken. Tardieu-Flecken auf dem Rippenfell, wie sich das gehört. Und die KTU hat Fasern der

Socken auf der Oberfläche des Hockers gefunden. Das passt also zum Suizid.«

»Sag ich doch.« Wernersen lehnte sich zurück und verschränkte die Arme vor der Brust.

»Außerdem haben sie Freys Fingerspuren auf dem Erpresserbrief gefunden«, fuhr Çoban fort, »und die Handschrift scheint ebenfalls seine zu sein. Die Kollegen hatten ein paar Schriftproben mitgenommen.«

»Was ist denn mit den anderen auf dem Foto? Börge Hartmann wohnt ja offenbar noch hier im Ort, Frank Jochimsen aber nicht, oder, Raimund?«

»Jo«, bestätigte Wernersen.

»Schön. Wie sich unser Fall derzeit darstellt, ist es demnach folgendermaßen.« Çoban schlug das Blatt bei dem anderen Flipchart um, nahm einen Stift und schrieb Stichpunkte auf, während er sprach: »Martin Kornmeyer hat seine beiden Freunde von früher, Hartmann und Frey, erpresst. Sie haben aber nicht zahlen wollen, sondern ihn stattdessen umgebracht und seine Leiche verschwinden lassen. Als die Leiche wider Erwarten aufgetaucht ist, hat der Pastor gemerkt, dass er mit der Schuld nicht leben kann, und hat sich aufgehängt. Bleibt noch Börge Hartmann.«

»Was wir aber immer noch nicht wissen: Womit hat er sie erpresst?«, fragte Braun. »Was haben die beiden denn getan?«

»Die beiden – oder die vier. Oder sogar alle fünf? Wir dürfen nicht vergessen«, Çoban zeigte auf das Flipchart, »dass auch Krasinski sich umgebracht hat. Deine Frau hat ihn damals gefunden, oder?«

»Die redet da nicht gerne drüber«, brummte Wernersen.

»Wie auch immer. Für die vier muss es ein ziemlich einschneidendes Erlebnis gewesen sein. Dabei sollten wir an zweierlei denken. Erstens: Martin Kornmeyer und die anderen kannten sich nur im Sommer 1980. Er ist mit seinen Eltern knapp zwei Monate vor dem Brand bei Falk Richertz hierhergezogen, und wenige Tage nach dem Brand ist er von zu Hause abgehauen, und wir wissen nicht, ob er seine Eltern jemals wiedergesehen hat. Und zweitens stand im Erpresserbrief: ...*dann halte ich die Schnauze wegen SH*. Und wer hatte die Initialen S und H?«

»Susanne Hansen«, sagte Braun.

»Eben. Die Erpressung muss etwas mit den Vorfällen damals zu tun haben. Nur: was?«

»Vielleicht haben die Jungs jemanden beobachtet, der das Haus angezündet hat«, sagte Braun. »Und haben sich nicht getraut, der Polizei etwas zu sagen. Vielleicht weil sie denjenigen kannten. Vielleicht ein Nachbar. Und dann haben sie sich mitschuldig gefühlt.«

»Möglich«, räumte Çoban ein. »Aber ist das ein Geheimnis, wegen dem man einundvierzig Jahre später noch jemanden um zehntausend Euro erpressen kann? Falschaussage oder unterlassene Hilfeleistung – das ist doch längst verjährt.«

Braun zuckte die Achseln. »Das Einzige, das nicht verjährt, ist ...«

Çoban nickte langsam. »Eben.«

»Meinst du ... Du meinst doch nicht ... Das waren doch Kinder!«

»Na ja, Kinder? Fünfzehn, sechzehn. Was hat man in dem Alter nicht für eine Scheiße gebaut, jetzt mal ehrlich.«

»Aber einen umbringen?« Braun sah ihn mit einer Mischung aus Entsetzen und Skepsis an.

»Vielleicht haben sie nur gezündelt und dachten, er ist weg. Eine Mutprobe oder so was, warum denn nicht? Martin Kornmeyer war neu nach Harmsbüttel gezogen. Er hatte vielleicht noch keine Freunde. Dann gab es diese eingeschworene Clique, und um dazuzugehören, musste er eine Mutprobe bestehen.«

»Die dann aus dem Ruder gelaufen ist«, ergänzte Braun.

Çoban nickte.

Er sah zu Wernersen. Der schien nichts zum Thema beitragen zu wollen, stattdessen machte er den Eindruck, als würde er jeden Moment einnicken. Interessierte den gar nicht, was sie hier besprachen? Dass sie dem Täter auf der Spur waren? Dass sie endlich wussten, wer ihr Toter war? Der verdammte Dorfbulle. Der dachte doch wirklich nur von zwölf bis Mittag.

»Also«, hob Çoban wieder an, »Börge Hartmann ist unser dringendster Tatverdächtiger. Derzeit sogar unser einziger. Die Frage ist nur: Laden wir ihn zur Vernehmung nach Ratzeburg vor, oder schauen wir uns erst mal bei ihm um? Raimund, du musst den doch kennen.«

Wernersen zuckte die Achseln. »Na ja, kennen ist zu viel gesagt. Der ist eher so für sich, glaub ich. Keiner, der fürs Dorffest was mit organisiert oder so. Vor Jahren gab es bei dem ein paarmal Ärger, weil er seine Freundin verhauen hat. Die Nachbarn haben mich verständigt. Ich hab ihm dann eine Standpauke gehalten. Und nach dem dritten Mal hab ich dem Mädel gesagt: So einer ändert sich nicht, sieh besser zu, dass du Land gewinnst. Hat sie dann auch.«

»Nach dem dritten Mal? Du hast sie doch echt nicht alle.«

»Was soll das denn heißen?«

»Das soll heißen, dass einmal schon zu viel ist. ›Eine Standpauke‹! Wo sind wir hier, Neunzehnhundertfünfzig?«

Wernersen sah ihn entgeistert an. »Weißt du was? Geh doch nach Kiel zurück, wenn es dir hier nicht passt. So einen wie dich brauchen wir hier nicht.«

»Einen *wie mich*?«

»Kinners, jetzt ist aber mal gut«, fuhr Braun dazwischen. »Ihr seid ja schlimmer als meine Gören.«

Çoban schloss kurz die Augen und atmete ein und aus. Natürlich hatte sie recht. Diese Auseinandersetzung brachte niemanden weiter. Sie hatten einen Fall zu lösen, verdammt! Er blätterte in seinem Notizblock, die meisten Stichpunkte für heute waren abgehakt. »Einen Punkt habe ich noch: Wir wissen ja jetzt, wann sich die mutmaßlichen Erpresser möglicherweise mit unserem Mordopfer treffen wollten. Am fünfzehnten abends um zehn an der Baugrube. Die Frage ist: Haben sie ihn da auch erschossen? Und gleich vergraben?«

»Das läge durchaus nahe«, sagte Braun.

»Dann stellt sich aber die Frage: Hätte nicht jemand den Schuss hören müssen?«

Wernersen grunzte. »Das nächste Haus ist ungefähr fünfzig Meter weg.«

»Eben«, sagte Çoban.

»Und wenn der Täter einen Schalldämpfer benutzt hat?«

»Wir sind doch hier nicht bei James Bond, Herr Kollege.« Çoban schüttelte den Kopf.

»Außerdem«, warf Braun ein, »hast du schon mal gehört, wie eine Pistole mit Schalldämpfer abgefeuert wurde?«

»Gesehen hab ich's schon.«

»Aber sicher nur im Krimi.«

»Na und?« Wernersen sah sie herausfordernd an.

»Die Sache ist die«, erklärte Braun, »im Film macht das nur ganz leise *plopp*, aber in Wirklichkeit ist es meist immer noch so laut, dass man sich lieber die Ohren zuhält.«

»Ehrlich?« Wernersen staunte.

»Und außerdem hätte der Schall in einer solchen Baugrube ja noch widergehallt.«

»Aber wieso wird das dann immer so gezeigt, wenn es gar nicht stimmt?«

»Aus demselben Grund, aus dem im Krimi beim Kommissar immer dann, wenn es brenzlig wird, der Akku am Handy alle ist«, feixte sie. »Damit man spannendere Geschichten erzählen kann.«

Wernersen verzog den Mund. »Aber hätte man der Kugel nicht ansehen können, ob ein Schalldämpfer benutzt wurde?«

»Nicht wirklich«, sagte Braun. »Manche hinterlassen Rillen oder Kratzer am Projektil, aber die sind wenig charakteristisch, die können auch einfach vom Lauf der Waffe stammen. So kann man Projektil und Waffe ja überhaupt einander zuordnen, an den charakteristischen Rillen und Kratzern. Ob solche Spuren von einem Schalldämpfer stammen, kann man eigentlich nur beurteilen, wenn man auch die Tatwaffe hat. Und andersherum kann man ebenso gut einfach ein Geschirrhandtuch um die Waffe wickeln, das macht den Knall auch leiser.«

Çoban war beeindruckt. Braun war ja eine richtige Waffenspezialistin.

»Wenn du einen Schalldämpfer bauen willst, der den Schall so abdämpft, dass es wirklich nur noch *plopp* macht«, fuhr sie fort, »dann wäre der bei einer P38 mindestens anderthalb Meter lang. Kornmeyer wurde aus etwa dreißig Zentimeter Entfernung in die Brust geschossen.«

»Guter Punkt«, sagte Çoban. »Wir können ja noch mal die nächsten Anwohner befragen, ob sie an dem Abend etwas gehört haben. Raimund, übernimmst du das?«

»Ich weiß zwar nicht, wann ich das auch noch machen soll, aber klar.«

»Was hast du denn so Dringendes zu tun?«, fragte Çoban.

»Wie bitte? Meinst du, ich sitz den ganzen Tag auf dem Hintern?«

»Kommt, jetzt zankt euch nicht schon wieder«, ging Braun dazwischen. »Also echt, erwachsene Männer. Okay, Raimund geht die Anwohner befragen. Und was mache ich?«

»Du könntest mal in deine Dienststelle fahren und dich über Börge Hartmann schlaumachen«, sagte Çoban. Er sah in sein Notizbuch. »Erstens in der Datenbank, ob Martin Kornmeyer irgendwie aktenkundig geworden ist, und zweitens kannst du einen Einwohnermeldeamt-Abgleich machen, ob die Eltern noch leben. Die könnten ja sonst tatsächlich den Leichnam identifizieren.«

»Mein Gott, da muss man ihnen ja fast wünschen, dass sie schon tot sind. Wie grausam.« Sie nahm ihr Smartphone und sprach mit leiser, sonorer Stimme hinein: »Datenbank Komma nach Kornmeyer suchen Komma Meldeämter nach Eltern suchen.« Sie sah auf. »Kennen wir die Namen?«

Çoban schaute in seinem Notizbuch nach und sagte ihr die Vornamen, sie diktierte auch diese noch in ihr Handy.

»Ach ja, und dann kannst du auch gleich eurer Staatsanwaltschaft Bescheid sagen, dass sie den Durchsuchungsbeschluss für Börge Hartmann beantragt.«

»Also keine Vernehmung?«

»Wenn, dann hinterher. Irgendwie habe ich das Gefühl, dass wir bei ihm etwas Interessantes finden könnten. Ich gehe davon aus, dass dem Richter der Name auf dem Erpresserbrief und das Foto von früher reichen werden. Und wenn der Beschluss da ist, wäre es natürlich super, wenn ein paar deiner Kollegen mitkommen und bei der Durchsuchung helfen.«

»Alles klar. Vor morgen wird das eh nicht sein, denke ich mal.«

»Vielleicht ja morgen früh. Was ist denn der Hartmann von Beruf, Raimund? Weißt du das?«

Wernersen war zum Glück wieder wach. »Ich glaube, der ist arbeitslos. Gelernter Automechaniker oder so.«

»Und dann hat der hier ein Einfamilienhaus?«

»Bestimmt geerbt«, sagte Wernersen. »Ich glaube, der wohnt hier schon sein ganzes Leben.«

18

»Taifun, hörst du mich?«

Çoban saß auf einer Bank am Dorfteich. Das Handyklingeln hatte ihn hochschrecken lassen. Er hatte eigentlich alle Fakten im Kopf ordnen und nicht eindösen wollen.

»Moment, Fanta, ich guck mal, ob ich besseren Empfang kriege.« Çoban stand auf und ging in Richtung Straße. Er sah auf das Display. Zwei Balken, immerhin. »So, jetzt müsste es gehen.«

»Ah, viel besser. Also: Martin Kornmeyer ist zuletzt in Hamburg bei mehreren Drogendelikten in Erscheinung getreten, aber nie festgenommen worden. Er ist offenbar seit Jahren ohne festen Wohnsitz. Laut Melderegister sind seine Eltern vor einigen Jahren verstorben, weitere Angehörige konnte ich nicht ausfindig machen. Was meinst du, was ist schlimmer, wenn dein Kind stirbt oder wenn es wegläuft und nie wiederkommt?«

Çoban wusste keine Antwort darauf. Dafür kam ihm sofort der Gedanke: Gut, dass du keine Kinder hast, da bleibt dir viel erspart. Gefolgt vom Gedanken: Aber Baba würde sich so über einen Enkel freuen.

»Ich glaube, das Zweite ist viel schlimmer«, fuhr Braun an seinem Ohr fort.

»Was jetzt?« Çoban hatte den Faden verloren.

»Dass dein Kind wegläuft. Da weißt du ja dein Lebtag nicht: Was ist jetzt mit ihm? Was macht es wohl gerade? Ist es in Gefahr? Ist es glücklich, geht es ihm gut? Und dann stirbt man und weiß immer noch nicht Bescheid. Das ist doch ein ganz grausamer Gedanke. Wenn ich mir vorstelle, dass meine Kleinen ...« Sie brach ab.

»Klar«, stimmte Çoban zu. »Wobei wir aber nicht wissen, ob sie Kontakt hatten. Auch wenn Kornmeyer drogenabhängig und obdachlos war, könnte er sich ja trotzdem hin und wieder bei seinen Eltern gemeldet haben.«

»Meinst du? Aber die Vermisstenanzeige haben sie nie zurückgezogen. Die ist 2010 automatisch abgelaufen.«

»Das muss nichts heißen.«

»Na schön. Seien wir optimistisch. Wann sehen wir uns denn wieder?«

»Das ist die Frage. Kommt vielleicht drauf an, ob und wann wir den Durchsuchungsbeschluss bekommen.«

»Oh Mist, da wollte ich ... Ich kümmere mich gleich drum.«

Na toll! »Wie ist denn euer Staatsanwalt so drauf?«

»Staatsanwält*in*. Eigentlich ganz umgänglich. Kommt vielleicht eher darauf an, wen wir bei Gericht ...«

Sein Handy vibrierte. »Kleinen Moment, Fanta.« Çoban nahm es vom Ohr. *Homann* stand auf dem Display. »Sorry, Fanta, das LKA, bin gleich wieder da.« Er drückte auf das grüne Symbol. »Homann, super. Hast du was rausgefunden?«

»Guten Tag erst mal. Ich habe einen Volvo-SUV gefunden, direkt in Harmsbüttel. Kennzeichen RZ-DD 897. Zugelassen auf jemanden namens Börge Hartmann, Birkenweg 5, 23898 Harmsbüttel.«

Bingo!

»Perfekt, Homann, hab vielen Dank! Das passt wie die Faust aufs Auge. Wenn ich wieder in Kiel bin, gebe ich dir einen Kaffee aus. Mindestens.«

»Verrätst du mir noch, warum du das eigentlich wissen wolltest?«

»Ich schick dir meinen Bericht, hab noch ein Gespräch auf der anderen Leitung.« Er drückte Homann wieder weg. »Fanta? Ein Kollege aus Kiel hat mir gerade durchgegeben, dass tatsächlich jemand aus Harmsbüttel einen Volvo-SUV fährt. Rat mal, wer.«

»Doch nicht etwa der Hartmann?«

»Exakt. Wieder ein Puzzleteil. Wo waren wir gerade? Ach ja, das Gericht. Wie schätzt du das denn ein?«

»Wir werden den Beschluss schon kriegen. Unsere Staatsanwältin schätzt es zwar nicht unbedingt, wenn man ankommt und sagt: ›Hier, gehen Sie mal bitte ganz schnell zur Richterin, und sagen Sie ihr, es ist eilig.‹ Aber morgen klappt es bestimmt. Ich hab schon Bescheid gesagt, dass wir eine Handvoll Leute brauchen. Wobei: Nach was wollen wir eigentlich bei ihm suchen?«

Das war eine gute Frage. Die ehrliche Antwort wäre gewesen: Keine Ahnung, ich habe halt so ein Gefühl, dass wir da was finden können. Aber diese Antwort fand er selbst zu esoterisch, als dass sie ihm über die Lippen gekommen wäre.

Stattdessen sagte er: »Den Erpresserbrief, die Tatwaffe, Munition, Kleidung mit Schmauchspuren oder Blut dran, DNA vom Mordopfer. Mal sehen, was wir so finden.«

»Dann würde ich sagen, wir sehen uns morgen. Meine

Chefin will übrigens wissen, was wir da in Harmsbüttel so treiben und wie der Stand der Dinge ist. Hast du nicht Lust, nachher vorbeizukommen? Dann könntest du ihr auch was erzählen.«

»Kein Problem. Sobald ich hier fertig bin.«

»Was machst du denn jetzt noch?«

»Ich will mal schauen, ob ich Silke Wernersen erwische. Die bekocht ja mittags immer ihre Mutter. Oder war das ihre Schwiegermutter? Ach Mensch, da kannst du mir noch einen Gefallen tun. Schau mal eben im Melderegister, ob du die Adresse findest. Dann kann ich sie vielleicht direkt da abpassen.«

»Weißt du denn, wie die heißt?«

»Wenn es die Schwiegermutter ist, wird sie ja wohl Wernersen heißen.« Er hörte leises Tastaturgeklapper und stellte sich vor, wie Fanta Braun eifrig auf ihrem Computer herumhackte, während ihr die Zungenspitze aus dem linken Mundwinkel schaute. Das tat die junge Kollegin immer, wenn sie sehr konzentriert war, das war Çoban schon mehrmals aufgefallen.

»Hier, Sigrun Wernersen, Ellernbruchweg 4. Hast du Netz, dass du gucken kannst, wo das ist?«

Çoban nahm das Smartphone vom Ohr und schaute aufs Display. »Das Gerät sagt ›E‹, aber da würde ich mich nicht drauf verlassen.«

»Warte, ich schau kurz.« Wieder Geklapper, dann gab sie ihm eine kurze Wegbeschreibung. Es waren keine zweihundert Meter.

Früher

Heute ist das letzte Mal gewesen, bestimmt. Diesmal ist Konrad dabei gewesen, und er hat gesagt: »Mensch, lasst das, lasst sie in Ruhe, ihr Spinner. Was, wenn das rauskommt? Wir gehen lieber zu mir und hören Musik. Mein Bruder hat die neue AC/DC.«

Sie glaubt, Konrad ist erst seit Kurzem bei Börge, Frank und Karl in der Clique, wahrscheinlich weil sein Vater so viel Kohle hat. Der hat einen Mercedes, und sie haben eines der großen Häuser hinten am anderen Ende vom Dorf. Bei der Post ist der angeblich, aber ein hohes Tier, nicht Postbote oder so.

Konrad ist ihre Rettung. Der hat ihr sogar aufgeholfen und hat leise zu ihr gesagt: »Los, hau ab!« Und sie ist schnell zu ihrem Fahrrad und nach Hause gefahren.

Ja, heute ist das letzte Mal gewesen, ganz bestimmt.

19

»Frau Wernersen?«

»Oh, Herr … *Schopahn*.«

»Çoban.«

»Ah. Aber sagen Sie doch Silke zu mir.«

»Gerne. Ich bin Taifun.«

»Ach, wie witzig.«

»Hm, ja. Sagen Sie, haben Sie einen Moment Zeit?«

»Ich bin gerade auf dem Heimweg, aber … Worum dreht es sich denn?«

»Es geht um Konrad Krasinski.«

»Konrad? Sagen Sie mal, wollen wir uns nicht da auf die Bank setzen?«

»Gerne. Sie waren doch damals mit ihm befreundet, als er sich das Leben genommen hat.«

»Ach Gott, das ist ja ewig her. Ja, befreundet. Wir waren ja auch ganz schön lange zusammen. Aber da natürlich nicht mehr, da war ich schon ein paar Jahre mit Raimund verheiratet. Was wollen Sie wissen?«

»Sie haben ihn gefunden?«

»Ja. Das werde ich nie vergessen. Ich weiß gar nicht mehr genau, was ich von ihm wollte, aber es war so um die Mittagszeit. Bei der Post war gerade Pause. Ich wollte ihn irgendwas fragen oder so.«

»Er hat Ihnen die Poststelle besorgt, habe ich gehört?«

»Sie sind aber gut informiert.«

»Wie sind Sie denn ins Haus rein?«

»Durch die Terrassentür. Ich habe geklingelt, und er hat nicht aufgemacht, und das fand ich komisch, wir waren ja verabredet. Ich hatte wohl irgendwie das Gefühl: Da stimmt was nicht. Da bin ich ums Haus rum und über die Terrasse rein. Und dann hing er da. Das war wirklich schlimm.«

»Was haben Sie dann getan?«

»Ich war total geschockt. Ich musste mich erst mal hinsetzen. Und dann bin ich nach Hause und habe Raimund geholt.«

»Wie war denn Ihr Verhältnis?«

»Zu Konrad? Freundschaftlich, würde ich sagen. Ganz normal halt.«

»Haben Sie denn eine Ahnung, warum er sich das Leben genommen hat?«

»Nein, wirklich nicht. Es gab auch keinen Abschiedsbrief oder so. Ich glaube, er hatte Schulden.«

»War Herr Krasinski alleinstehend?«

»Ja, damals schon. Er hatte wohl vorher eine Freundin, aber nicht lange. Jedenfalls soweit ich das mitbekommen habe.«

»Hat Raimund Ihnen eigentlich das Foto gezeigt?«

»Welches Foto?«

»Das alte, mit den Jugendlichen.«

»Ach so. Ja, einer von denen war Konrad.«

Na toll! Wieso hatte Wernersen ihm das nicht erzählt? Was für eine Schlamperei, dachte Çoban. »Die anderen haben Sie nicht wiedererkannt?«

»Nicht wirklich. Also ja, vielleicht schon, zumindest

dachte ich, die habe ich alle schon mal gesehen. Aber nach vierzig Jahren? Einer sah ein bisschen aus wie Börge. Börge Hartmann, hier aus dem Ort. Aber irgendwie auch nicht.«

»Sie haben damals auch schon hier gewohnt?«

»Ich bin hier aufgewachsen.«

»Sie waren nie woanders?«

»Doch, meine Ausbildung habe ich in Grevshagen gemacht. Kaufmännische Angestellte.«

»Bei welcher Firma, wenn ich fragen darf?«

»Bei Petersen & Sohn.«

»Dem Bauunternehmen?«

»Oh, Sie kennen das? Ja, genau. Olaf Petersen ist mein Schwager. Der Mann meiner Schwester. Die wohnt aber nicht mehr hier, die haben sich scheiden lassen. Sie wohnt jetzt irgendwo in NRW. Haben Sie noch mehr Fragen? Ich muss langsam wieder in den Laden. Heute kommt der DHL-Mann.«

»Sind Sie eigentlich jeden Tag in der Mittagspause drüben?«

»Bei Muttern? Ja. Die kocht nicht so gerne für sich allein. Und mir macht das nichts aus. Wir verstehen uns sehr gut.«

»Aber Raimund geht dann nicht mit?«

»Nein, der isst lieber zu Hause. Hat er schon immer gemacht. Also, ich muss dann.«

Früher

Mutti ist tot. Sie hat immer schlechter laufen können, zum Schluss gar nicht mehr, und dann hat sie immer gehustet und hat nicht mehr richtig atmen können, und dann ist sie auf einmal tot gewesen.

Durchs Fenster vom Kinderzimmer hat er zugeguckt, wie die Männer in den Anzügen den großen Kasten in den langen schwarzen Mercedes geladen haben. Mit den Gardinen an der Seite.

Er hat geweint und sich immer wieder die Tränen weggewischt und versucht, keinen Laut zu machen. Er weiß, wenn Vater mitkriegt, dass er weint, kriegt er Schläge.

Als sie weg waren, ist Vater in sein Zimmer gekommen, mit einem großen Koffer, und hat seine Sachen aus dem Schrank und aus dem Regal genommen und hineingetan, und er hat kein Wort gesagt. Dann hat Vater ihn bei der Hand genommen und ist mit ihm nach draußen gegangen, zum Auto, und er hat sich hineinsetzen müssen, und dann sind sie losgefahren.

Erst als das Heim in Sicht kam, ist ihm klar gewesen, dass er ihn zurückbringt, und Vater hat vor der Tür angehalten, und er hat aussteigen müssen, und dann hat er da gestanden mit seinem Koffer, und er hat an Leo und Hansi und die anderen denken müssen und hat so eine Angst gehabt, und dann hat er nur noch gedacht: Hoffentlich mach ich mir nicht in die Hose.

Und dann hat Vater plötzlich den Koffer wieder in den Kofferraum getan und hat ihn einsteigen lassen, und Vater ist los-

gefahren, zurück nach Hause, und unterwegs hat Vater gesagt: »Merk dir das. Wenn du nicht spurst, weißt du, was ich mit dir mache. Merk dir das!«

Er hat genickt und es versprochen, und sein Herz hat geklopft, und er hat gewusst: Das ist der schönste Tag in meinem Leben.

20

Auf dem Weg nach Ratzeburg versuchte er, im Kopf alles durchzugehen, was sie bislang an Fakten gesammelt hatten. Aber er konnte sich nicht richtig konzentrieren.

Er schaltete das Autoradio ein. *Die größten Hits der Achtziger. Vier Jahrzehnte.* 1980. Ein einäugiger Kunstmaler verbrennt in seinem Haus. Nachdem er mit einem Hammer erschlagen wurde. Im Keller erstickt ein Mädchen aus dem Nachbarort. Das die Polizei ein Jahr lang gesucht hat.

Ob Krasinski ebenfalls etwas damit zu tun hatte? Warum hatte er sich umgebracht? Wegen Schulden, hatte Silke Wernersen gesagt. Finanzielle Not spielte bei Suiziden durchaus hin und wieder eine Rolle, aber war das wirklich der einzige Grund?

Bei der Kreispolizeidirektion würde er sich erkundigen, ob es Akten zu dem Fall damals gab. Es war zwar überhaupt nicht klar, ob der Freitod von Krasinski etwas mit ihrem Fall zu tun hatte. Aber immerhin war er als Jugendlicher nachweislich mit dem Toten befreundet gewesen.

Çoban hatte Fanta Brauns Stimme im Ohr. *Hast du nicht Lust, nachher vorbeizukommen?* Natürlich hatte er. Er stellte sich vor, wie sie gerade am Rechner saß und konzentriert auf den Bildschirm schaute. Wie sie sich gedankenverloren eine Strähne ihres Haars hinters Ohr schob. Das rechte Ohr, mit dem schwarzen Stecker im Ohrläppchen. Wie sie die Stirn in Falten legte, ihre dunklen Augenbrauen sich zusammenzogen. Vielleicht hätten sie ja nachher noch Zeit, einen Kaffee zu trinken. Nicht in der Dienststelle, sondern in einem Café, nicht als Polizeibeamte, sondern als – ja, was?

Wenn sie nicht früh heimmusste, um die Kinder irgendwo abzuholen.

Als er in Ratzeburg aus dem Auto stieg, klingelte sein Handy.

»Baba.«

»Mein Sohn, wo warst du denn wieder.«

»Wie meinst du das?«, fragte Çoban.

»Ich habe schon zweimal versucht, und das Handy ging nicht ran.«

»Vielleicht war ich im Funkloch, ich war gerade auf der Bundesstraße. Was gibt es denn? Hast du Schmerzen?«

»Muss ich denn immer Schmerzen haben, wenn ich meinen einzigen Sohn anrufen will? Ich habe doch sonst niemanden mehr.«

Çoban seufzte in sich hinein. »Gibt es denn sonst etwas Neues?«

»Hör zu. Ich habe vorhin im Internet einen Bericht gesehen. Frau Kaczmarek hat mich darauf gebracht. Kennst du noch Frau Kaczmarek?«

»Dunkel. Ist das nicht so eine dicke Blonde? Die früher immer bei dir eingekauft hat?«

»Die ist doch nicht dick! Und sie kauft immer noch bei mir ein.«

»Was ist denn mit der?«

»Die hat mir gesagt: Lieber Herr Çoban, schauen Sie

sich das mal an. Und weißt du was? Ich bin jetzt Veganer. Ja! Veganer.«

»Baba, du spinnst doch.«

»Weißt du, wie das auf einem Schlachthof zugeht? Furchtbar, sag ich dir. Ganz furchtbar. Und wir essen das! Nein, du isst das. Für mich ist Schluss damit. Gar kein Problem. Und Frau Kaczmarek hat gesagt, das ist super zum Abnehmen.«

»Aber, Baba. Du bist doch eh schon so dünn. Du solltest eher etwas zunehmen. Außerdem liebst du doch Ziegenkäse. Und Menemen. Und Omelette.«

»Was hat denn das damit zu tun?«

»Wenn du dich vegan ernährst, darfst du das alles nicht mehr essen, Milch, Eier. Dann gibt es nur noch Gemüse und Körner. Und Brot ohne Butter. Und eigentlich auch keine Lederschuhe mehr.«

Es war still in der Leitung.

»Baba, bist du noch dran?«

»Du machst mir Kummer, mein Sohn!«

»Du mir auch«, murmelte Çoban.

»Was sagst du?«

»Nichts, ich muss jetzt Schluss machen.«

»Ich wünsche dir, dass du die Verbrecher fängst, mein Sohn.«

»Danke, Baba. Bis bald!«

»Ganz bestimmt!«

Veganer. Çoban schüttelte innerlich immer noch den Kopf, als er das Präsidium betrat.

Die Besprechung mit Brauns Chefin ging schneller, als

er erwartet hatte. Und die Polizeidirektorin schien weniger interessiert, als er erwartet hatte. Über den Fall Falk Richertz und Krasinskis Suizid wollte sie gar nicht reden. Sie sagte, es würde sie sehr wundern, wenn die drei Fälle etwas miteinander zu tun hätten. Wahrscheinlich habe ohnehin der Frey den Kornmeyer umgebracht und sich deshalb das Leben genommen, und dann könne man den Fall ja bald zu den Akten legen. Çobans Bitte, im Namen der Staatsanwältin bei Gericht auf die Dringlichkeit des Durchsuchungsbeschlusses gegen Börge Hartmann hinzuweisen, wollte Brauns Chefin ebenfalls nicht nachkommen. Das sei nicht ihre Baustelle, und auf ein paar Stunden komme es kaum an. Zumal ja wohl Frey der Täter sei.

Und so hatte Çoban, als sie hinterher vor einem kleinen Café-Restaurant schräg gegenüber dem Präsidium in der Sonne saßen, einmal mehr das Gefühl, überhaupt nichts erreicht zu haben. Wenigstens war er jetzt hier mit Fanta Braun, und sie hatte sogar ein wenig Zeit. Und zur Abwechslung redeten sie mal nicht nur über ihre Arbeit.

»Worauf hast du Lust?«, fragte sie, als sie Platz genommen hatten. »Kaffee und Kuchen oder Bier? Ich glaube fast, nach der Sitzung wäre mir ein Bier lieber.«

»Ich nehme einen Milchkaffee. Ich trinke keinen Alkohol.«

»Ach ja, sorry, ich bin ja auch dämlich. Natürlich nicht.«

Çoban brauchte eine Sekunde, um zu verstehen, dass sie ihn offenbar für einen gläubigen Muslim hielt. Das hatte er ja nun auch wieder nicht gewollt. »Nein, das ist es nicht«, sagte er. »Ich bin trockener Alkoholiker.« Er wunderte sich ein wenig über sich selbst, dass er das so freimütig verkündete. Aber hier mit Braun hatte er das Gefühl, er könne, nein, *müsse* über alles reden.

»Oh! Sorry!«

»Ach, am besten geht man ganz offensiv damit um.«
Lügner. Als ob du das sonst tätest.

»Das ist sicher richtig. Hast du denn viel Last damit?«

Der Kellner kam, ein junger Mann, der aussah wie zwölf. Sie bestellten jeweils einen Milchkaffee.

»Es geht«, nahm Çoban den Faden wieder auf. »Allerdings merkt man erst, wenn man keinen Tropfen mehr darf, wo überall Alkohol drin ist. Nichts mehr mit Tiramisu beim Italiener. Und wenn einer Pralinen anbietet, muss man immer fragen, was drin ist.«

»Warst du bei den Anonymen Alkoholikern?«

»Klar, ohne wäre das nicht gegangen.« Und dann erzählte er ihr etwas, das er schon sehr lange mit niemandem mehr geteilt hatte. Davon, wie er damals mit einer halben Flasche Whisky in der Blutbahn an einen Tatort gerufen worden war und seine Vorgesetzte ihn gleich wieder nach Hause geschickt hatte, als sie gemerkt hatte, dass er nicht mehr hatte geradeaus laufen können. Sie hatte ihm den Autoschlüssel abgenommen und ihn in ein Taxi gesetzt. Çoban war die Sache so peinlich gewesen, dass er ernsthaft überlegt hatte, von seinem Balkon im fünften Stock zu springen, nur um niemandem mehr unter die Augen treten zu müssen. Anschließend hatte seine Chefin die Sache unter den Teppich gekehrt, und seither hatte Çoban keine Flasche mehr angerührt. Ein halbes Jahr war er in

Kiel zu den Anonymen Alkoholikern gegangen, seither versuchte er, die latente Sucht mit reiner Willenskraft in Schach zu halten. Und um sich zu beweisen, wie stark sein Wille war, hatte er auch noch mit dem Rauchen aufgehört.

Braun sah erschrocken auf die brennende Zigarette in ihrer Hand. »Sorry, soll ich lieber …?« Sie machte eine Geste in Richtung Aschenbecher.

Çoban lachte. »Nein, kein Problem. Wirklich nicht. Du hättest meinetwegen auch ein Bier bestellen können.«

Wie aufs Stichwort kamen ihre Milchkaffees. Die riesigen Schalen waren bis zum Rand gefüllt, sodass der Zwölfjährige alle Mühe hatte, sie von seinem Tablett auf den Tisch zu verfrachten, ohne etwas zu verschütten. Es dauerte ewig, aber am Ende gelang es ihm.

»Mit dem Rauchen aufzuhören ist mir viel leichtergefallen, als den Alkohol sein zu lassen«, sagte Çoban. »Da hat ein Ramadan gereicht.«

»Aber wenn du damals Alkohol getrunken hast … Hast du erst danach zum Glauben gefunden?«

Çoban schloss die Augen. »*Allahu akbar*«, verkündete er mit tiefer, sonorer Stimme, »*aschhadu anna muhammada-rasulu-llah.*« Er öffnete die Augen wieder und grinste Braun an. »Sorry, war nur ein Witz. Ich bin null gläubig. Aber du müsstest dein Gesicht mal sehen.«

Sie verzog den Mund. »Sehr witzig.«

»Ich fand schon.«

»Na gut, ein bisschen.«

»Also, Ramadan. Nein, für mich hat das nichts mit Religion zu tun, zumindest nicht direkt. Ich habe meiner

Mutter versprochen, dass ich immer den Ramadan einhalte. Kurz bevor sie gestorben ist.«

»Tut mir leid. Woran ist sie denn gestorben?«

Çoban winkte ab. »Das ist schon lange her.«

Sie tranken beide von ihrem Kaffee.

»Hast du denn gar keine Laster?«, fragte Braun.

»Hin und wieder kiffe ich, mit einem Vaporizer, seit ich nicht mehr rauche. Aber nie so viel, dass ich nicht notfalls mitten in der Nacht zu einem Einsatz gerufen werden kann. Auch wenn das in meiner jetzigen Abteilung eigentlich nie vorkommt. Trotzdem, die Erfahrung damals hat gereicht.«

»Das wollte ich ja schon immer mal machen.«

»Was, kiffen?«

Sie nickte. »Hat sich nie ergeben. In der Schulzeit war ich eher einer von den langweiligen Bücherwürmern. Und mein Mann ist viel zu spießig, als dass der ... Nee, nee. Wir waren mal in Amsterdam, nur zu zweit, die Kinder hatten wir zu meinen Eltern gegeben. Nicht mal da hat er sich überreden lassen, das auszuprobieren. Dabei hätte man buchstäblich an jeder Straßenecke einen fertigen Joint kaufen können. Warst du mal in Amsterdam?«

»Leider nicht. Wollte ich immer.«

»In der ganzen Stadt riecht es dermaßen nach Gras, mein Mann hat schon Panik gekriegt, dass er high wird, nur weil er durch die Straßen geht.«

Çoban konnte sich gerade noch bremsen, nicht zu sagen: Was für ein Idiot!

»Hast du denn was dabei?«, fragte Braun.

»Was, Gras? Nein, tut mir leid.« Schade eigentlich. Das wäre mal eine Aktion gewesen – sich gegenüber vom Ratzeburger Polizeipräsidium einen dicken Joint teilen.

»Was macht dein Mann eigentlich?«

»Meinst du generell oder beruflich?« Sie kicherte.

Çoban verzog den Mund. »Haha!«

»Der hat einen Angler-Laden, zusammen mit einem Freund. *Angelcenter Groß Grönau*. Magst du Angeln?«

»Ich? Nee. Also, hab ich noch nie gemacht.«

»Ich auch nicht«, sagte Braun. »Am See sitzen, aufs Wasser starren und darauf warten, dass der Schwimmer wackelt? Dazu wäre ich viel zu hibbelig.«

Sie unterhielten sich gut und alberten noch ein wenig herum. Es war wie bei einem ersten Date.

Ein erstes Date mit einer Frau, die verheiratet ist und zwei Kinder hat. Das wäre ein klassischer Fall für das Engelchen auf der einen und das Teufelchen auf der anderen Schulter, fuhr es ihm durch den Kopf. Wobei das Bild hinkte: Engelchen und Teufelchen hätten ja nur Sinn ergeben, wenn Braun in irgendeiner Weise signalisiert hätte, dass ihr Interesse an ihm über das, was sie hier und jetzt hatten, als Kollegin und Kollege, die sich gut verstanden und einander zum Lachen bringen konnten, hinausging.

Und das war ja nicht der Fall. Çoban lauerte darauf, dass sie ihm zu lang in die Augen sah. Diesen kleinen Moment zu lang, in dem es im Kopf klick macht und einem ein ganz bisschen flau wird im Magen. Aber es passierte nicht.

Irgendwann war es Zeit zu gehen. Braun musste zurück an die Arbeit.

Çoban wollte zahlen, aber als der Zwölfjährige kam, bestand Braun darauf, die Rechnung zu übernehmen.

Der Kellner war wieder weg, und beide saßen immer noch an dem Bistrotisch.

»Meinst du, morgen ist alles vorbei?«, fragte sie. Sie hatte die Augen geschlossen.

Er wusste erst nicht, was sie meinte, und musste sich zwingen, wieder an die Arbeit zu denken. »Kommt drauf an, was wir bei Hartmann finden. Kann schon sein.«

»Dann sehen wir uns wahrscheinlich auch nicht so schnell wieder, oder?«

»Wahrscheinlich nicht.«

»Es sei denn ...« Sie sah ihm in die Augen und griff nach seiner Hand. »Mein Mann und ich führen eine offene Ehe. Also falls du Interesse hast ...«

Der Druck ihrer Hand ließ sein Herz schneller schlagen. Auch wenn er gleich spürte, dass das, was sie sagte, nicht das war, was er hatte hören wollen. Ihm war selbst nicht ganz klar, was er eigentlich von ihr wollte. Der Lover nebenbei, das fünfte Rad am Wagen zu sein, war es jedenfalls nicht.

Sie nickte und sah ihn verständnisvoll an. »Ich verstehe schon, nicht jeder ist dafür gemacht. Was meinst du, warum das Gespräch mit meiner Chefin eben so kurz war? Sie hat noch nicht wirklich verwunden, dass das zwischen mir und ihr nicht mehr ist als eine Bettgeschichte.«

Bitte, was?

Plötzlich geriet ihr Lächeln zu einem breiten Grinsen.

Er zog seine Hand zurück. »Komm, du verarschst mich doch.«

»Stimmt.« Braun kicherte. »Aber jetzt hättest du *dein* Gesicht mal sehen sollen.«

Çoban nickte anerkennend. »Eins zu eins. Nicht schlecht.«

»Na komm. Ich muss an den Schreibtisch.«

»Schaust du noch mal, ob du Akten zu Krasinski findest?«

»Mach ich.«

Auf der Fahrt nach Harmsbüttel wäre er am liebsten die B 208 weiter geradeaus gefahren und auf die Autobahn nach Kiel, statt nach Grevshagen abzubiegen. Aber sein Pflichtbewusstsein war stärker, und obendrein hatte er das Gefühl, dass sie morgen früh, wenn sie mit dem Durchsuchungsbeschluss bei Hartmann auftauchten und die Kollegen aus Ratzeburg dessen Haus auseinandernahmen, genug finden würden, um den Fall abzuschließen.

Falls nicht, wäre der einzige Verdächtige Pastor Karl Frey. Und der konnte leider kein Geständnis mehr ablegen.

So oder so waren seine Stunden in diesem verfluchten Kaff gezählt.

Später

»Wissen Sie, was ich glaube?«

»Sie werden es mir bestimmt gleich sagen.«

»Dass Sie mir nicht die Wahrheit erzählt haben.«

»Nicht?«

»Sie haben ja eine richtige Abneigung gegen alles Dörfliche.«

Çoban zuckt die Achseln. »Kann schon sein.«

»Und diese Abneigung wird einen Grund haben.«

»Ach ja?«

»Ja. Eine spezifische Abneigung gegen etwas hat immer einen Grund. Und ich glaube, Sie haben mir nicht die Wahrheit erzählt, wie Sie Ihre Kindheit und Jugend erlebt haben.«

»Aha.«

»Sie haben gesagt – Moment, ich hab mir das aufgeschrieben.« Dr. Lieberg blättert in ihren Unterlagen. »Da. Sie haben gesagt, dass Sie erst auf der Realschule in Lübeck wegen Ihrer Herkunft angefeindet worden sind. Und dass Ihnen auf dem Dorf niemand ›Kanake‹ hinterhergerufen hat. Das stimmt gar nicht, oder?«

»Müssen wir das jetzt wirklich aufwärmen?«

»Herr Çoban. Ich mache das hier ja nicht, weil es mir so einen Riesenspaß macht. Und Halma und Mühle zählen jetzt auch nicht gerade zu meinen Lieblingsspielen. Ich habe eine Aufgabe. Ich soll und möchte Ihnen helfen, sich damit auseinanderzusetzen, was es für Sie bedeutet, dass sich ein Mensch in Ihrem Beisein das Leben genommen hat.«

»Eben. Und was hat das mit meiner Kindheit zu tun?«

»Alles. Es geht doch ganz allgemein darum, wie Sie mit Konflikten umgehen. Und wie Sie diese spezielle Situation wahrgenommen haben. Und da nützt es nichts, wenn Sie mir nicht die Wahrheit erzählen. Alles hängt mit allem zusammen.«

»Okay. Also, bei uns im Dorf damals war ich immer der Kanake. Ich weiß noch, wie ich einmal nach Hause gekommen bin und zu meiner Mutter gesagt habe, der und der hat ›Kanake‹ zu mir gesagt. Da hat sie mir eine Ohrfeige gegeben und gesagt: ›Sag dieses Wort nie wieder!‹ Das fand ich total ungerecht, ich hatte das ja nur nachgeplappert. Ich glaube, das war sogar noch in der Vorschule oder im Kindergarten. Aber mir wurde immer mehr klar, dass ich nicht dazugehöre. Nicht wirklich. In der Grundschule habe ich in den Pausen meistens allein auf einer Bank gesessen und mein Brot gegessen. Einmal ist ein Mädchen gekommen, ich weiß gar nicht mehr, wer das war, und wollte meine Poğaça probieren, so Teigtaschen mit Schafskäse, die hatte ich oft mit. Sie hat einen Bissen genommen, ausgespuckt und gesagt: ›Das schmeckt ja eklig.‹ Und die anderen, die dabeistanden, haben mich ausgelacht. Ich glaube, deutsche Kinder bekommen nicht so häufig Schafskäse zu essen.«

»Das kann schon sein, der ist ja auch ziemlich säuerlich.«

»Aber sehen Sie, jetzt mache ich das schon selbst. ›Deutsche Kinder‹. Verdammt, ich war auch ein deutsches Kind. Aber damals haben meine Eltern zu Hause immer noch ausschließlich Türkisch gesprochen. Entsprechend fiel es mir anfangs schwer, mich einzufügen. Als ich in den Kindergarten kam, hatte ich ziemliche Probleme mit der Sprache. Später hat sich das dann gegeben.«

»Wann später?«

»*Auf der Realschule. Und als ich aufs Gymnasium gewechselt bin, sowieso. Da waren dann andere Sachen wichtiger.*«

»*Zum Beispiel den dicken Friedhelm zu mobben.*«

»*Jetzt fangen Sie nicht schon wieder davon an.*«

»*Und Sie haben munter mitgemacht. Haben Sie da nicht hin und wieder gedacht: Mir ist es mal genauso gegangen?*«

»*Kann sein.*« Çoban atmet tief ein und aus. »*Ja, natürlich. Aber das habe ich wohl schnell verdrängt.*«

»*Das klingt wirklich nicht nach einer glücklichen Kindheit. Viele, die vom Dorf kommen, erleben ja genau das Gegenteil. Die Gemeinschaft, die Natur ...*«

»*Schon. Aber genau in solchen Dörfern passieren eben auch solche Dinge wie damals, 1980.*«

»*Sie sind überzeugt davon, dass er umgebracht wurde, oder? Dass es kein Zufall war, dass das Haus abbrannte?*«

»*Ja. Aber mit dem Mädchen kann es nichts zu tun haben, jedenfalls nicht direkt, denn dann hätte derjenige, der Richertz umgebracht hat, sie ja befreit. Der verdammte Schlüssel steckte von außen in der Tür!*«

»*Sie meinen, er wurde zu Recht ermordet.*«

»*Natürlich. Vielleicht war es Zufall, aber er hat bekommen, was er verdient hat. Und wer weiß, ob das Mädchen jemals seines Lebens froh ... Na ja.*«

»*Das ist ein sehr grausamer Gedanke.*«

»*Stimmt. Sorry!*«

»*Haben Sie denn eine konkrete Theorie, was damals passiert ist?*«

»*Theorie?*«

»*In dem Fall hätte ich noch eine Hausaufgabe für Sie.*«

21

Zwei dicke, schwitzende Frikadellen lagen auf Çobans Teller, dazu Sauerkraut und dampfende Salzkartoffeln. Die Wirtin des *Büttelkrogs* hatte ihn informiert, eigentlich gebe es Kassler, aber für ihn habe sie extra ein paar Buletten aus Rinderhack gemacht. Er hatte sich pflichtschuldig bedankt.

Die Frikadellen waren gut gewürzt, aber das Sauerkraut schmeckte dermaßen nach Speck, dass er sich sicher war, dass die Wirtin einen Topf Sauerkraut mit Speck gekocht und aus seiner Portion die Speckwürfelchen herausgeklaubt hatte. Er hatte ihr rotes, angestrengtes Gesicht vor Augen. Wie sie mit bloßen Fingern in seinem Kraut herumfuhrwerkte und ihr bei der anstrengenden Suchaktion der Schweiß von der Stirn auf den Teller …

Sein Appetit ließ schlagartig nach. Er musste sich zwingen, alles zumindest so weit aufzuessen, dass er das Gefühl hatte, keinen negativen Eindruck zu hinterlassen.

Jetzt ein Magenbitter! Er wusste, es war ein schlechtes Zeichen, wenn er Lust auf Alkohol verspürte, aber er beruhigte sich mit dem Gedanken, dass es ihm eher darum ging, das Völlegefühl loszuwerden, als sich zu betrinken. Er bestellte noch eine Cola. Dann wenigstens ordentlich Zuckerwasser drauf, vielleicht half das ja auch.

Çoban war mit dem Verlauf der Ermittlungen alles andere als zufrieden. Seine eigentliche Aufgabe bestand darin, den Toten zu identifizieren, und das war immer noch nicht zweifelsfrei gelungen. Im Moment deutete alles darauf hin, dass es sich um Martin Kornmeyer handelte, aber beweisen ließ sich das nicht. Dass er obdachlos gewesen war und nirgends gemeldet, machte die Sache nicht einfacher.

Wahrscheinlich hatte er erst Klarheit, wenn sie den Mörder überführt hatten, der seine Tat gestand und bezeugen konnte, wen er umgebracht hatte. Was wiederum nicht ging, wenn Frey der Täter war, denn der war ja nun ebenfalls tot. Trotzdem, die Abschiedsnotiz des Pastors passte. Aber was war mit Hartmann? Warum hatte der Çoban mit seinem SUV verfolgt? Hatte er ihn wirklich umbringen wollen? Provozieren, dass er die Kontrolle verlor und von der Straße abkam? Aber warum? Eigentlich musste er in Kauf genommen haben, dass Çoban bei der Aktion starb, denn er hätte sich ja an zwei Fingern abzählen können, dass sie ihn als Halter des Wagens identifizierten. Außer er war sehr dumm. Oder sehr verzweifelt. Aber wenn er davon ausgegangen war, dass Çoban dabei draufging, warum hatte er dann die Nummernschilder unkenntlich gemacht und eine Sturmhaube aufgesetzt? Das ergab nur Sinn, wenn das Ganze eher ein Warnschuss als ein echter Anschlag auf sein Leben gewesen war.

So oder so hätte Hartmann keine Veranlassung dazu gehabt, wenn allein Frey Kornmeyer umgebracht hatte. Er musste den Mord mindestens mitgeplant haben, wenn nicht ausgeführt. Vielleicht hatte er bis Freitagabend auch noch gar nicht mitbekommen, dass Frey tot war. Immerhin galt der Kirchenmann offenbar als Einzelgänger.

Und wer hatte das Foto für Çoban auf den Tresen der Pension gelegt? Frey? Hartmann? Aber wieso? War es Frey gewesen, der auf diese Weise Hartmann hatte mit reinreißen wollen? Weil vielleicht doch Hartmann den Finger am Abzug gehabt hatte?

Çoban öffnete auf seinem Smartphone den Ordner mit den Fotos und suchte nach einem Bild von dem Notizblock auf Freys Anrichte.

Was wir getan haben, ist nicht zu entschuldigen.

Wir. Das war eindeutig. Aber wer genau war »wir«? Und worauf bezog er sich? Auf den Mord an Kornmeyer? Das lag ziemlich nahe. Oder ging es doch um Falk Richertz und Susanne Hansen? Aber was meinte er, was war damals geschehen? Es musste gravierend genug sein, dass man jemanden auch nach über vierzig Jahren noch damit erpressen konnte.

Sein Vater. *Allah gibt das Leben, und Allah nimmt das Leben. Das ist bei Christen doch auch so. Selbstmord ist eine große Sünde.*

Die viel zu perfekte Auffindesituation. Aber der Abschiedsbrief war aus Freys Feder, daran war nicht zu rütteln.

Taifun Çoban drehte sich im Kreis.

Wenn sie die Tatwaffe hätten, wären sie einen Schritt weiter. Wahrscheinlich lag die alte Walther P38 längst irgendwo auf dem Boden einer Jauchegrube.

Freys Vater war auch schon Pastor gewesen. Çoban wusste nicht genau, ob das automatisch bedeutete, dass er nicht bei der Wehrmacht gewesen war. Vielleicht war es die Waffe des Großvaters? Und was war mit Börge Hartmann? Wie fand man heraus, was die Eltern oder Großeltern im Zweiten Weltkrieg getan hatten? In Ratzeburg gab es garantiert irgendein Kreisarchiv für so etwas. Da konnte er Braun drauf ansetzen.

Als er sich nach dem Essen in seinem Zimmer auf dem Bett ausstreckte, vibrierte sein Handy. Es war eine SMS von seinem Vater mit einem YouTube-Link. Seit wann wusste sein Vater denn, wie man so etwas verschickte?

Er klickte auf den Link, und die App öffnete sich. Das Video war eine NDR-Reportage mit dem Titel »Schlachthof: Wenn Tiere zu Fleisch werden«. Sicher der heiße Tipp von Frau Kaczmarek.

Er wollte die App gleich wieder schließen, aber ein diffuses Pflichtgefühl hielt ihn an weiterzuschauen.

Nach etwa zehn Minuten, als ihn langsam der Gedanke beschlich, dass sein Vater gar nicht so unrecht hatte, legte sich plötzlich ein Anruf über das Video.

»Na, Raimund, was gibt's denn?«

»Komm sofort zu Börge Hartmann«, flüsterte Wernersen am anderen Ende.

»Was ist denn los?«

»Musst du dir selbst angucken. Mach schnell!«

22

Als Çoban bei Börge Hartmann eintraf, fiel ihm als Erstes auf, dass nirgends Licht brannte. Das Haus lag im Schatten der hohen Bäume des Waldes, der ein Stück hinter dem Haus begann, und im Inneren war alles dunkel. Seine Hoffnung, dass Braun doch schon den Durchsuchungsbeschluss erwirkt hatte und die Ratzeburger Polizei dabei war, Hartmanns Haus auf den Kopf zu stellen, erfüllte sich also nicht.

Hartmanns Domizil war ein einstöckiges Einfamilienhaus mit weiß verputzter Fassade. An der rechten Seite war eine Garage angebaut, das Garagentor stand offen. Ein schwarzer Volvo-SUV befand sich nicht darin, es wäre auch gar nicht genug Platz gewesen, denn soweit Çoban in den dunklen Raum hineinsehen konnte, war alles vollgestellt mit Gerümpel.

Doch wo war Wernersen? Çoban blickte sich um. Hatte er sich irgendwo unauffällig postiert, um Hartmann zu observieren?

»Pst, Çoban! Hier drüben!« Das kam aus der Garage.

Als Çoban sich dem offenen Garagentor näherte, sah er den Schein einer Taschenlampe über das Gerümpel gleiten.

Çoban betrat die Garage und blieb am Eingang stehen.

Wernersen kam auf ihn zu. Die Taschenlampe in seiner Linken ließ er sinken. In der anderen Hand hielt er eine Pistole, die er auf Çoban richtete.

»Bist du bescheuert, Raimund? Pack deine Waffe weg. Willst du mich erschießen?«

»Kapierst du denn nicht? Das ist nicht meine Pistole, das ist *die* Pistole.«

Da erst wurde Çoban klar, womit Wernersen da im Halbdunkel herumfuchtelte. Das Ding hatte einen kurzen runden Lauf mit verstärktem Ende, der aus einem eckigen Gehäuse herausragte.

Es war eine Walther P38. Die Tatwaffe.

Wie um alles in der Welt hatte Wernersen denn in diesem Durcheinander die Waffe entdeckt? Klar, ein blindes Huhn fand auch mal ein Korn. In diesem Fall wäre es Çoban aber weitaus lieber gewesen, das blinde Huhn hätte nichts gefunden.

»Hättest du nicht wenigstens Handschuhe anziehen können? Jetzt sind schon wieder deine Abdrücke auf einem Beweisstück. Auf dem wichtigsten überhaupt.«

Wernersen sah auf die Pistole in seiner Hand. »Mist, da hab ich wohl im Eifer des Gefechts …« Er grinste schief und legte die Waffe vorsichtig auf den Boden.

Çoban sah ungläubig von der Waffe zu Wernersen und wieder zurück. Irgendetwas stimmte hier nicht. So blöd konnte keiner sein. Oder doch? »Was machst du überhaupt hier ohne den Durchsuchungsbeschluss? Willst du unsere ganze Ermittlung sabotieren? Morgen wären wir hier ganz offiziell hergekommen, da hätten wir das Ding doch auch gefunden.«

»Ich wollte doch nur mal gucken, ob Börge zu Hause ist«, sagte Wernersen. »Damit wir morgen früh nicht vor verschlossener Tür stehen. Hätte ja sein können, dass er im Urlaub ist oder so. Und als ich gesehen hab, dass er weg ist und dass das Garagentor offen steht, hab ich halt gedacht: Kann ja nicht schaden, mal kurz reinzugucken.«

Çoban schüttelte den Kopf. »Egal, passiert ist passiert. Dann such wenigstens da drinnen nach einer Plastiktüte, in die wir das Ding tun können. Mannomann, wie bescheuert kann man eigentlich sein?«

Çoban wollte sich abwenden, als er plötzlich eine Hand am Kragen seiner Jacke spürte.

Wernersen hatte ihn gepackt und zog ihn zu sich heran. Er baute sich drohend vor ihm auf. »Jetzt will ich dir mal was sagen, Kollege«, zischte er. Sein Gesicht war nur wenige Zentimeter von Çobans entfernt. »Du gehst mir so was von auf die Nerven, du Scheißkanake.« Feine Spucketröpfchen sammelten sich in seinem Bart. »Kommst hierher und spielst den großen Max. Geh zurück nach Anatolien, solche wie dich brauchen wir hier nicht.«

Çoban packte Wernersens Handgelenk, presste seine Finger in die schmerzhafteste Stelle und befreite sich aus dem Griff des Polizisten. Er trat einen Schritt zurück. »So redet niemand mit mir«, sagte er und versuchte, möglichst ruhig und besonnen zu klingen. »Und schon gar kein dahergelaufener Dorfbulle, der nicht weiß, wie richtige Polizeiarbeit funktioniert.«

Wernersen starrte ihn an. So hatte wahrscheinlich noch nie jemand mit ihm gesprochen.

Çoban starrte zurück. »Falls es dich interessiert«, sagte er, »ich bin Deutscher. Ich bin in Lübeck geboren.«

»Nur weil deine Eltern in Lübeck gevögelt haben, heißt das noch lange nicht, dass du Deutscher bist.«

»Ach nein?« Ruhig bleiben. Ganz ruhig. »Brauche ich dazu einen Ariernachweis, oder was?«

»Jetzt versuch bloß nicht, mich zum Nazi zu machen.«

»Brauch ich gar nicht, das erledigst du schon selbst.«

»Auf jeden Fall brauchen wir hier keine Ausländer. Da hat die AfD ganz recht. Der …« Er brach ab und schien plötzlich zu lauschen.

Çoban wollte gerade wieder nachlegen, da hörte er es auch. Und sah es: Ein großes Auto kam die Straße herunter. Ein schwarzer Volvo-SUV.

»Hartmann«, zischte Wernersen. »Und jetzt?«

Sehr weit durchdacht hatte der Idiot seinen Plan ja nicht. Çoban hob die Hand und deutete auf die Garage. Am besten versteckten sie sich dort, bis Hartmann im Haus war. Man konnte nur hoffen, dass das Garagentor schon offen gestanden hatte, als Hartmann weggefahren war. Und dass er es jetzt nicht abschloss, bevor er ins Haus ging.

Sie kauerten hinter einer Werkbank, auf der ein halbes Dutzend Pappkartons gestapelt waren. Notebooks. Das waren originalverpackte Notebooks.

Çoban beobachtete zwischen den Kartons hindurch, wie Börge Hartmann seinen Wagen abschloss und auf das Haus zukam.

Da sah er es. Sie hatten die Pistole vergessen. An der Schwelle der Garage, wo Wernersen sie auf den Boden gelegt hatte.

Falls Hartmann sie bemerkte, würde er wissen, dass etwas nicht stimmte. Und dann wäre er sogar bewaffnet. War die Walther eigentlich geladen?

Çoban wandte sich zu Wernersen um. Der hatte plötzlich seine eigene Dienstwaffe in der Hand. Wo hatte er die denn versteckt? Er war schließlich in Zivil.

Hartmann war tatsächlich vorm Eingang zur Garage stehen geblieben, ging in die Hocke und starrte auf die Pistole. »Was zum Teufel?«, murmelte er und griff danach.

Bevor Çoban reagieren konnte, sprang Wernersen neben ihm auf und brüllte: »Polizei! Hände hoch, Sie sind verhaftet!«

Aber Hartmann dachte gar nicht daran, der Aufforderung Folge zu leisten. Im nächsten Moment war er aus ihrem Blickfeld verschwunden.

Çoban war mit einem Satz aus seinem Versteck und mit zwei weiteren aus der Garage und sah gerade noch, wie ihre Zielperson hinten um die Ecke des Hauses verschwand. Er rannte hinterher, zog im Laufen seine Pistole aus dem Schulterhalfter unter der Jacke und rief dem Flüchtenden »Stehen bleiben! LKA!« hinterher.

Als er zur Hausecke kam, bremste er ab und schaute vorsichtig um die Kante, darauf gefasst, dass Hartmann gleich schießen würde.

Der Garten war leer. Aber hinten, am Zaun zum Nachbargrundstück, nahm Çoban in der Dämmerung etwas wahr. Ein Strauch bewegte sich.

Drei große Schritte zum Rand des Rasens, dann in halber Deckung bis zum Zaun.

Çoban spürte das Adrenalin in seinen Adern. Sein Herz schlug schneller.

Hartmann war schon durch den Garten der Nachbarn gelaufen und kletterte gerade über deren Zaun. Dahinter begann der Wald.

Verdammt, wo war denn nur Wernersen? Der kannte immerhin die Gegend und potenzielle Verstecke.

Bei diesem Gedanken hatte Çoban auch den nächsten Zaun erreicht.

Börge Hartmann war im Wald verschwunden.

Çoban meinte, vor sich eine Bewegung wahrzunehmen, vielleicht zwanzig Meter entfernt, aber zwischen den Bäumen war es schon erstaunlich dunkel.

»Geben Sie auf, Hartmann!«, rief Çoban, »das hat doch keinen Zweck.« Er entsicherte die Pistole, richtete sie auf die Baumkronen und feuerte.

Einen Moment lang dröhnte der Warnschuss in seinen Ohren, dann wurde er von einem anderen Geräusch abgelöst.

Ein Schrei. Ein Schrei, der gar nicht mehr aufhören wollte.
Ein Schmerzensschrei.

Hatte er Hartmann getroffen? Nein, das war unmöglich. Oder war die Kugel von einem Baum abgeprallt und als Querschläger wieder hinuntergesaust? Quatsch, ein Baum war keine Betonwand.

Jetzt hätte er doch gut Wernersen brauchen können, der hatte eine Taschenlampe. Die gehörte wahrscheinlich genauso zur Grundausstattung eines *richtigen* Mannes wie ein Taschenmesser.

»Herr Hartmann? Sind Sie verletzt? Jetzt stellen Sie sich, verdammt noch mal!«

Çoban holte sein Smartphone aus der Tasche und schaltete die Taschenlampenfunktion ein. In der Rechten hatte er die Waffe, das Smartphone in der Linken, sodass es ihm den Weg leuchtete.

Hartmann lag am Boden. Es sah aus, als wäre er ausgerutscht oder gestolpert, auf jeden Fall war er gestürzt und auf einen Baumstamm gefallen, der am Boden lag, und hatte sich das Ende eines abgebrochenen Astes in den Oberschenkel gerammt.

»Wo ist die Pistole?«, fragte Çoban betont ruhig.

»Die ... ist mir ... runtergefallen ...«, keuchte Hartmann. Dann jaulte er wieder.

Das konnte natürlich ein Trick sein. Vielleicht lag Hartmann auf der Waffe, und sobald Çoban sich umschauen würde, ob er sie irgendwo auf dem Waldboden sah, würde Hartmann sie hervorziehen und auf ihn schießen. Aber Çoban nahm an, dass selbst jemand wie Hartmann nicht so dumm war, zu glauben, dass er mit einem Ast im Bein noch flüchten konnte. Das Spiel war aus, noch einen Mord würde der Mann nicht begehen. Zumal er wusste, dass der Dorfbulle ebenfalls in der Nähe war.

Wie aufs Stichwort hörte Çoban es hinter sich schnaufen.

»Raimund, sehr gut. Leuchte mal und schau, ob du irgendwo die Walther siehst.«

Wernersen tat, wie ihm geheißen, und tatsächlich fand er die Waffe.

Çoban staunte, als er im Schein seiner Smartphone-Lampe sah, dass Wernersen ein Taschentuch benutzte, um die Pistole aufzuheben.

»Noch mal passiert mir das nicht«, sagte er und deutete ein Grinsen an. Er hatte sogar eine Plastiktüte dabei, in der er das Beweisstück verschwinden ließ. »Lag in der Garage«, erklärte er.

»Ruf mal bitte den Notarzt. Ich verständige Fanta, dass sie mit ein paar Kollegen kommt.«

»Hab ich schon«, sagte Wernersen. »Also, Fanta angerufen. Sind sicher schon aufm Weg.«

»Sie sind übrigens vorläufig festgenommen wegen Mordes an Martin Kornmeyer«, sagte Çoban zu Hartmann, der inzwischen vom Jaulen zum Stöhnen übergegangen war. »Der Ordnung halber. Die Kollegen werden Sie in die Klinik begleiten.«

»Sollen wir ihn nicht da losmachen und nach vorne an die Straße tragen?«, schlug Wernersen vor.

»Auf keinen Fall. Wenn wir den Ast aus dem Bein ziehen, fängt es doch erst richtig an zu bluten. Wir warten lieber auf die Fachleute.«

»Seid ihr verrückt geworden?«, meldete sich Hartmann plötzlich. Er atmete schwer. »Mord?! Und Martin Kornmeyer, wer soll das überhaupt sein?«

»Jetzt tu mal nicht so«, sagte Wernersen. »Du wirst dich ja wohl noch an deinen Kumpel von damals erinnern. Vor allem, wo du ihn letzten Monat erschossen und in der Baugrube verbuddelt hast. Weil er euch erpresst hat, dich und Karl.«

»Ihr seid ja wahnsinnig.«

»Halt die Fresse«, herrschte Wernersen ihn an. »Wir haben die Tatwaffe gefunden.« Er hielt die Plastiktüte hoch. »In deiner Garage. Du bist doch gerade damit abgehauen. Jetzt kannst du dich nicht mehr rauswinden.«

»Das Ding?« Es klang, als wollte Hartmann lachen, doch so recht gelang ihm das nicht. »Die Knarre hab ich vorher noch nie gesehen!«

Früher

Vater hat eine neue Frau. Sie sieht ganz anders aus als Mutti, sie hat dunkles Haar und hellbraune Haut. Und sie ist nicht so nett zu ihm, wie Mutti es war. Sie ist oft gemein, lacht ihn aus, sagt, dass er zu dick ist. »Fettklops« hat sie ihn genannt, gleich als sie ihn das erste Mal gesehen hat, und dann hat sie ihm erzählt, dass sie auf der Flucht kaum etwas zu essen hatten und dass er damals bestimmt verhungert wäre.

Vater hat gelacht und gesagt, »er taugt zu nichts. Außer den Abwasch machen und die Wäsche, das kann er immerhin. Das sind ja auch Aufgaben für Weiber«, hat er gesagt und: »Genauso sieht er aus, wie ein dickes Mädchen mit Pausbacken.«

Die neue Frau hat gegrinst und gefragt: »Stimmt das? Bist du eigentlich ein Mädchen?«

Und er hat gesagt: »Nein«, und dann hat Vater ihm eine Ohrfeige gegeben: »Du hast nicht zu widersprechen.«

Und zu ihr hat Vater gesagt: »Den haben die Eltern ins Heim gegeben, weil er so dumm und hässlich war.«

Nachher hat Vater den Gürtel genommen, und er hat sich das Hemd ausziehen müssen und laut mitzählen, und die neue Frau hat im Sessel gesessen und zugeguckt und eine Zigarette geraucht dabei. Und als er bei zehn war, hat sie in die Hände geklatscht.

Das war der Moment, an dem er sich geschworen hat, dass er es allen einmal heimzahlen wird. Allen, die ihm wehtun. Die ihm wehgetan haben.

Und der Gedanke hat ihm Kraft gegeben.

23

Nachdem Börge Hartmann nach Ratzeburg abtransportiert worden war, standen Çoban, Wernersen und Braun im Schein einer Straßenlaterne vor Hartmanns Haus.

Braun präsentierte den anderen den Durchsuchungsbeschluss gegen Börge Hartmann und berichtete, auf ihren Anruf hin habe die Staatsanwältin bei der Richterin Druck gemacht, und die habe das Dokument doch noch in aller Eile ausgestellt. Somit hatten sie die Tatwaffe rechtmäßig sichergestellt, und Wernersen würde keinen Ärger bekommen, dass er in Hartmanns Garage eingedrungen war. Schade eigentlich, aber für die spätere Verhandlung nicht ganz unwichtig.

»Mensch, Raimund«, sagte Braun. »Hättest du nicht bis morgen früh warten können? Dann wären wir ganz offiziell mit Durchsuchungsbeschluss bei Hartmann einmarschiert. Ich musste mir ganz schön was anhören. Was meinst du denn dazu, Taifun?«

Çoban zuckte die Schultern. Bei Wernersen wunderte er sich über gar nichts mehr. Und was nützte es, sich jetzt noch über ihn aufzuregen? Wie es aussah, war der Fall abgeschlossen, und morgen würde er abreisen und den Dorfpolizisten mit etwas Glück niemals wiedersehen.

»Wieso bist du eigentlich zu Hartmann hin?«, wollte Braun von Wernersen wissen.

»Nur um zu gucken, ob er zu Hause ist. Aus strategischen Gründen, sag ich mal. Und dann stand das Garagentor offen, und … na ja.«

»Und wo hast du die Walther gefunden?«, fragte Braun. »Lag die einfach so da rum?«

Wernersen lachte. »Nee, aber hinten an der Wand war ein Metallspind, und ich hab gesehen, dass der nicht ganz bündig an der Wand steht, und da dachte ich: Da könnte man gut Sachen verstecken.«

»Die P38 geht direkt mit Prio eins in unsere KTU«, sagte Braun. »Die haben ja alle Daten zum Projektil, das Kornmeyer getötet hat. Bestimmt wissen wir morgen Vormittag schon, ob es die Tatwaffe ist oder nicht.«

Sie verabredeten sich für den nächsten Tag um elf zu einer letzten Besprechung bei Wernersens in der Wohnstube.

Braun verabschiedete sich und fuhr davon. Çoban und Wernersen gingen schweigend zu Fuß in Richtung Ortskern.

Als sie sein Haus erreichten, sagte Wernersen: »Mann, Taifun, das hab ich ja ganz vergessen. Ich hab ja noch was hinter dem Spind gefunden.« Er zog etwas aus seiner Jackentasche, das aussah wie ein schwarzes Stück Stoff, und gab es Çoban. »Auf so was gibt's ja eh keine Fingerabdrücke, oder? Da ist es vielleicht nicht so schlimm, dass ich die hier einfach so eingesteckt habe.«

Çoban faltete das Ding auseinander. Es war eine schwarze Sturmhaube.

Der Fahrer des SUV. Ein weiteres Puzzleteil.

Er konnte sich gar nicht daran erinnern, dass er die

Sturmhaube erwähnt hatte, als er den anderen von dem Anschlag erzählt hatte. Na ja, musste er wohl.

»Nein, Fingerabdrücke nicht«, bestätigte Çoban. »Aber trotzdem irregulär. Na, ist jetzt auch egal. Steck das Ding mal gleich in einen Klarsichtbeutel. Das kann Fanta dann morgen mitnehmen.«

Wernersen grinste. »Ich kann mich immer noch nicht dran gewöhnen, dass das Mädel Fanta heißt. Die Afrikaner haben aber auch einen eigenen Sinn für Humor.«

Çoban hatte keine Energie mehr für eine weitere sinnlose Diskussion. Er wollte nur noch ins Bett. Ein letztes Mal auf die harte Matratze des *Büttelkrogs*.

24

Sie saßen im Wohnzimmer, Silke Wernersen hatte ihnen gerade eine Kanne Kaffee und einen Teller Kekse hingestellt.

Wernersen führte wieder Protokoll, und Çoban bemerkte schadenfroh, dass er ein wenig Mühe hatte, mit Brauns Erzähltempo mitzuhalten.

Die KTU hatte die Waffe, die Wernersen in Börge Hartmanns Garage sichergestellt hatte, als ebenjene identifiziert, mit der der mutmaßliche Martin Kornmeyer – endgültig identifiziert war er noch immer nicht – erschossen worden war. Sie hatten Hartmanns Fingerspuren an der Waffe sichergestellt und leider auch die von Wernersen. Wie Letztere dorthin gelangt waren, werde sie leider in ihrem Bericht erwähnen müssen, so Braun. Inzwischen seien die Kollegen dabei, Hartmanns Haus nach weiteren Indizien zu durchsuchen. Unter anderem werde sämtliche Oberbekleidung abtransportiert, um sie auf Schmauchspuren zu untersuchen. Bei Frey stehe das noch aus.

»Vorhin hat mich ein Kollege von der Spusi angerufen«, erzählte Braun, »da ist wohl eine Frau bei Hartmann aufgetaucht, die ganz schön Terz gemacht hat. Wollte was aus dem Haus holen. Sagte, sie sei seine Lebensgefährtin. Und dass Hartmann ihr Geld schuldet. Die Kollegen haben sie wieder weggeschickt.«

Çoban hatte sein Notebook vor sich auf den Couchtisch gestellt und machte sich nun ebenfalls ein paar Notizen.

»Wenn Taifun das eh aufschreibt, muss ich das doch nicht auch noch machen, oder?«, maulte Wernersen und hob anklagend seinen Collegeblock in die Höhe.

»Lass man, Raimund«, sagte Braun, »wir brauchen schon ein richtiges Protokoll. Ist Vorschrift, weißt du doch selber.«

Da war sich Çoban nicht ganz so sicher.

»Aber ich muss nicht auch noch einen Bericht schreiben oder so was?«, fragte Wernersen.

»Keine Angst«, beschwichtigte Braun ihn. »Das müssen wohl Taifun und ich erledigen.«

Çoban nickte. Wohl wahr. Und zumindest bei seinem Bericht würde Wernersen nicht gut wegkommen, das war schon mal klar. Er beobachtete den Polizisten aus dem Augenwinkel. Wie er da auf seinen Block schrieb, sah er aus wie ein großes Kind, das ganz konzentriert ein Bild malt. Er schaute zu Braun hinüber. Die schien das Gleiche zu denken, denn sie nickte kaum merklich in Wernersens Richtung und lächelte.

Endlich war Wernersen fertig. Er legte Block und Stift auf den Tisch. »Das wär's dann wohl«, verkündete er und lehnte sich zurück. »Oder müssen wir noch was besprechen?«

»Ich glaube nicht.« Çoban klappte sein Notebook zu. »Ich denke mal, das weitere Prozedere übernehmt ihr dann in Ratzeburg?«

»Klar.« Sie nickte. »Ich bin gespannt, ob Hartmann gesteht. Die Beweislast ist ja eigentlich ziemlich erdrückend.« Sie nahm ihre Tasse und trank einen Schluck Kaffee. »Und was machst du jetzt, Raimund?«

Nickerchen, dachte Çoban gehässig, staunte dann aber doch, als Wernersen aufzählte, was er alles zu erledigen hatte, das durch die Mordermittlung liegen geblieben sei. In Buchsbüttel hatte ein Bürger einen Bauern wegen Betrugs angezeigt, der in die mitgebrachten Behälter der Ökofreaks, die unbedingt unbehandelte Kuhmilch direkt aus dem Euter trinken wollten, angeblich zu wenig Milch füllte. In Grevshagen war über Nacht ins Autohaus Neubert eingebrochen worden, aber offenbar war nichts gestohlen worden, sondern jemand hatte nur einen großen Haufen mitten in den Verkaufsraum gesetzt. Und hier im Ort war den Reichmanns vor ein paar Tagen die Katze entlaufen, und Raimund hatte versprochen, bei der Suche zu helfen.

Als Wernersen mit seinen Ausführungen am Ende war, stand Braun auf und begann, die beiden Flipcharts abzubauen. Sie hatten sie kaum benötigt. Çoban half ihr. Die zwei benutzten Blätter trennten sie ab und bedeckten damit den Couchtisch.

»Soll ich die archivieren oder so?«, fragte Wernersen.

»Auf jeden Fall«, antwortete Çoban. »Und bitte in einem eigenen Ordner, den du mit dem LKA-Aktenzeichen unseres Falls beschriftest. Das schicke ich dir dann später.«

Braun sah ihn an, rollte die Augen, grinste und deutete mit den Lippen die Wörter *What the fuck?* an.

Çoban zuckte leicht die Schultern und grinste zurück. Dann nahm er seine Lederjacke von der Stuhllehne und hängte sich seine Umhängetasche über die Schulter. »Wollen wir?«

Er und Braun trugen jeder ein Flipchart hinunter zu Brauns BMW i3. Viel mehr als diese beiden Dinger konnte man damit kaum transportieren. Aber dafür war das Elektroauto natürlich auch keine solche Dreckschleuder wie Çobans Audi 80. Er hatte auch schon überlegt, ob er zu Elektro wechseln sollte. Aber wenn man kein Eigenheim mit Garage und eigener Ladestation hatte, war das ganz schön kompliziert. Braun wohnte sicher in einem Einfamilienhaus oder zumindest einem Reihenhaus mit Wallbox im Carport.

Sie verabschiedeten sich und winkten einander zu, als stünden sie nicht zwei, sondern zwanzig Meter voneinander entfernt. Eigentlich fand Çoban es nicht schlimm, dass mit Corona das Händeschütteln fürs Erste ausgestorben war, zumindest bis die Republik durchgeimpft war. Aber in manchen Fällen wäre ein wenig Körperkontakt doch ganz schön. Am liebsten hätte er sie umarmt.

Ob er sie noch mal wiedersehen würde? Vielleicht lud sie ihn ja zum Sommerfest der Ratzeburger Polizei ein. Falls das dieses Jahr schon wieder stattfand. Und falls es so etwas überhaupt gab.

Wo dann sicher auch ihr Mann und ihre Kinder herumlaufen würden. Er sah es direkt vor sich. Er mit ihr, plaudernd im Schatten eines Baumes, er schaut ihr in die Augen, sie schaut zurück, als auf einmal ein Typ mit Halbglatze von hinten kommt und ruft: *Ach, hier seid ihr!* Er hat in jeder Hand einen Teller mit Grillwurst und Kartoffelsalat, einen gibt er Fanta. An seiner Hose haben sich zwei kleine blonde Kinder festgekrallt, die jetzt *Mama!* rufen und zu Fantas Hosenbeinen wechseln.

Nein, ein schneller Abschied war sicherlich das Beste.

Fast lautlos rollte ihr Wagen die Dorfstraße hinunter. Durch die Heckscheibe sah er, wie sie noch einmal winkte.

Er hob ebenfalls die Hand. Wernersen auch.

Du bist nicht gemeint, hätte Çoban am liebsten gesagt.

25

Während Çoban auf dem Zimmer seine Sachen packte, erfasste ihn beinahe so etwas wie Euphorie. Schluss mit Harmsbüttel, weg aus dem Dorf.

Viel hatte er nicht einzupacken. Ein paar Kleidungsstücke, die er auf dem Stuhl abgelegt hatte, seine Kulturtasche. Das Notebook.

Wo war das Notebook? In seiner Umhängetasche war es nicht.

Mist!

Natürlich, er hatte das Ding bei Wernersen auf dem Couchtisch liegen lassen. Unter den Blättern, die sie vom Flipchart abgenommen hatten.

Er setzte sich aufs Bett. Scheiße! Jetzt musste er doch noch einmal zu Wernersen.

Çoban sah auf die Uhr. Kurz nach zwölf. Vielleicht hatte er ja Glück, und der Dorfpolizist war schon unterwegs zu den diversen spannenden Verbrechen, die es in und um Harmsbüttel aufzuklären galt. Wernersen *on the case*. In dem Fall war sicher Silke Wernersen da. Wenn die nicht schon wie jeden Mittag zu ihrer Schwiegermutter unterwegs war.

Als er die Treppe herunterkam, saß die Wirtin hinterm Tresen und blätterte in einer Illustrierten.

Die hatte ja bisher auch ganz gut Bescheid gewusst, was ihre Mitbürger betraf. Warum nicht auch in diesem Fall?

»Moin«, grüßte Çoban.

»Moin. Sie checken aus, oder?«

Die war aber gut informiert. Hatte Wernersen ihr Bescheid gesagt? Oder hatte der Dorffunk bereits die Nachricht verbreitet, dass der Mörder von Kornmeyer gefasst war? Wahrscheinlich Letzteres. »Ja beziehungsweise nein, ich muss noch mal kurz weg. Aber sagen Sie mal, ich hab mich gefragt – Raimund Wernersens Mutter, die wohnt doch da hinten, hinterm Dorfteich.«

»Raimunds Mutter?« Die Wirtin sah Çoban erstaunt an. »Aber Raimund ist doch im Heim aufgewachsen.«

»Sicher?«

»Ganz sicher. Das weiß ich von seiner Frau. Wissen Sie, mein Mann ist auch ein Heimkind.«

»Aber wer ist denn dann die Frau Wernersen, die da hinten wohnt?«

»Ach so, die. Seine Schwiegermutter.«

»*Seine* Schwiegermutter? Aber die heißt doch Wernersen, wie er.«

»Raimund hat ja auch den Namen seiner Frau angenommen, als die beiden geheiratet haben. Da haben sich einige hier ganz schön gewundert damals.« Sie zuckte die Achseln. »Ich weiß nicht, ich fand das eigentlich ganz schön. Warum soll denn immer die Frau ihren Namen aufgeben?«

Çoban nickte. »Da haben Sie recht. Wissen Sie denn, wie Raimund vorher hieß?«

»Hansen hieß der.«

Hansen.

In Çobans Kopf rumorte es. Ihm wurde erst heiß, dann kalt. Sein Herz pochte. Klar, Hansen war in Norddeutschland kein allzu ungewöhnlicher Nachname. Aber wenn ihn zwanzig Jahre im Dienst etwas gelehrt hatten, dann, dass es keine Zufälle gab.

Doch was hatte das zu bedeuten?

Auf dem Weg zu Wernersens hörte sein Gehirn nicht auf zu rattern. Hatte Raimund Hansen irgendwas mit Susanne Hansen zu tun? War er ihr Bruder? Warum hatte er nichts davon erzählt, als sie sich über die Sache von damals unterhalten hatten?

Çoban rechnete kurz nach. Sechs oder sieben musste Wernersen damals gewesen sein. Was machte diese Erfahrung mit einem Sechsjährigen? Was mit der Familie?

Er war noch hundert Meter von der kleinen Polizei- und Poststelle entfernt, als sein Handy klingelte.

Rechtsmedizin Kiel zeigte das Display.

»Moin, was gibt's?«

»*Selam*, Taifun.« Das war unverkennbar die rauchige Stimme von Açelya Erkin, einer der Oberärztinnen. »Ich nehme an, du hast schon sehnsüchtig auf meinen Anruf gewartet.«

»Wenn ich ehrlich bin: Nein.«

»Ich muss doch bitten! Ich habe mir extra viel Mühe gegeben mit deinem vermeintlichen Suizid.«

»Mit wem?«

»Karl Frey.«

»Ach, der Pastor? Da hab ich gestern Vormittag ja schon euer vorläufiges Ergebnis bekommen.«

Açelya lachte. »Ja, vorläufig. Sehr vorläufig. Was glaubst du, was du montagmorgens erwarten darfst? Auf jeden Fall sind wir jetzt fertig mit ihm. Und Suizid war es definitiv nicht.«

Wie, was? Was sollte das denn jetzt? »Komm, verarsch mich nicht, ich bin schon dabei zu packen.«

»Ich gebe dir mal eben die Kurzfassung für Laien, mein Lieber: Der Mann war bereits tot, als er aufgehängt wurde. Stranguliert. Zweifel ausgeschlossen. Hinten am Hals hatte sich eine Hautfalte verfangen, als der Knoten sich zugezogen hat. Hätte der Mann da noch gelebt, hätten wir hier ein ausgewachsenes Hämatom, das haben wir aber nicht, sondern nur eine oberflächliche Rötung der Haut. Ein weiterer Hinweis ist die Stelle, an der das Seil saß, nämlich rund zwanzig Millimeter über dem Locus der Strangulation. Die inneren Verletzungen zeigen das ganz deutlich, und es gibt auch geringe, aber großflächige Verletzungen der Haut, die den Befund bestätigen. Vor allem aber fehlen die Simon'schen Blutungen.«

»Die – was?«, fragte Çoban. Tardieu-Flecken kannte er, aber Simon'sche Blutungen konnte er nicht sofort einordnen.

»Das sind Zerrungsblutungen in den Zwischenwirbelscheiben. Die entstehen schon nach Sekunden, wenn ein lebender Mensch am Hals aufgehängt wird. Wenn ein Erhängter keinerlei Simon'sche Blutungen aufweist, kann man mit an Sicherheit grenzender Wahrscheinlichkeit davon ausgehen, dass er schon tot war, als er aufgehängt wurde.«

Çoban blieb stehen. Was hatte das zu bedeuten? Hatte

Börge Hartmann auch Karl Frey umgebracht? Aber warum?

»Taifun, bist du noch da?«

»Ja, du, sorry, Açelya. Ich muss das … War das alles?«

»Reicht das nicht?«

»Doch, sicher. Hab erst mal vielen Dank. Wir sehen uns, okay?«

»Na klar. *Hoşça kal*, mein Lieber!«

»Tschüs!«

Auf den letzten Hundert Metern bis zum Haus der Wernersens versuchte Çobans Gehirn, die neue Information in das Schema des Falls Kornmeyer, den sie abgeschlossen geglaubt hatten, einzuordnen. Aber so ganz wollte es nicht gelingen.

Hatte Hartmann Pastor Frey umgebracht, weil er Angst gehabt hatte, dass Frey zur Polizei gehen und ihn verpfeifen würde, nachdem die Leiche ihres Erpressers wider Erwarten wieder aufgetaucht war? Hatte Hartmann geargwöhnt, dass der Pfarrer mit der Schuld nicht würde leben können? Hatte dann vielleicht doch Frey und nicht Hartmann Kornmeyer erschossen? Aber wieso hatte Hartmann dann die Tatwaffe bei sich versteckt? Und wieso war Hartmann vorher davon ausgegangen, dass Frey dichthalten würde, wenn die Leiche verschwunden blieb? Weil es ohne Leiche keine Mordermittlung gab? Sicher, Kornmeyer war allem Anschein nach ein obdachloser Junkie gewesen, und bei solchen Menschen gab selten jemand eine Vermisstenanzeige auf, wenn sie verschwanden. Aber hatten Hartmann und Frey das gewusst?

Plötzlich waren wieder zahllose Fragen offen. In diesem Moment wurde Çoban klar, dass ihre kleine Mordkommission ja nicht einmal geklärt hatte, womit Kornmeyer die beiden Männer erpresst hatte. So es sich bei dem Mordopfer denn überhaupt um Martin Kornmeyer handelte. Die Frage blieb: Was genau war 1980 vorgefallen? Warum war Martin mit fünfzehn von zu Hause ausgerissen?

26

Die Vordertür der Poststelle war verschlossen, das Licht gelöscht. Es kam auch niemand, als Çoban klingelte. Das Polizeiauto stand ebenfalls nicht an der Straße, also war Wernersen offenbar wirklich dienstlich unterwegs. Hätte er nicht gerade heute mal ein Mittagsschläfchen machen können?

Es half nichts, Çoban brauchte sein Notebook.

Er klingelte noch einmal. Nichts.

Da fiel ihm die Terrassentür ein, die mit dem alten Schloss. Die angeblich nie abgeschlossen war. Er würde ja nur kurz ins Haus gehen, sein Notebook holen und wieder verschwinden. Warum denn nicht.

Das Gerät lag tatsächlich, wo er vermutet hatte. Er klappte es auf und schaltete es ein, und während Windows hochfuhr, stieg er die Treppe wieder hinunter, verließ das Haus, setzte sich an den Terrassentisch, öffnete ein neues Word-Dokument und schrieb in Stichpunkten alle ungeklärten Fragen auf, die seit dem Anruf der Rechtsmedizinerin durch sein Gehirn gejagt waren, ehe ihm auch nur eine entfallen konnte.

Je mehr er jetzt darüber nachdachte, desto sicherer war er: Der Mord an Karl Frey musste ebenfalls auf Börge Hartmanns Konto gehen. Und jetzt war es letztendlich an Braun, ihm das nachzuweisen. Vielleicht legte er ja wirklich schnell ein Geständnis ab, eines, das beide Taten einschloss.

Çoban schaute auf die Uhr. Halb eins.

Wo er schon einmal hier war, konnte er ebenso gut nachschauen, ob er auf Wernersens Rechner die Protokolle von ihren Besprechungen fand. Ohne die konnte er kaum seinen Abschlussbericht ans LKA schreiben. Dass er sich an alle Details erinnern würde, bezweifelte er. Einen USB-Stick hatte er zum Glück immer in seiner Umhängetasche dabei.

Er ging zur Terrassentür und rief »Hallo?« ins Haus hinein. Keine Reaktion. Offenbar war in der Zeit, in der er auf der Terrasse gesessen hatte, niemand nach Hause gekommen.

Er begab sich in das winzige, vollgestellte Büro, ging um den Schreibtisch herum und setzte sich in den Schreibtischsessel. Zu seinen Füßen stand ein altmodischer Tower-PC. Ein Licht am Gehäuse leuchtete. Çoban tippte auf die Enter-Taste der Tastatur, und der Rechner gab ein leises Surren von sich. Offenbar war er im Stand-by-Modus gewesen. Die ungewohnte Benutzeroberfläche eines sehr alten *Windows*-Betriebssystems erschien auf dem Röhrenbildschirm. Meine Güte, diese Kiste war ja museumsreif. Er musste daran denken, wie Wernersen ihn neulich auf die Schippe genommen und erzählt hatte, er würde noch eine Schreibmaschine benutzen. Viel weiter in der Evolution war das Ding hier auch nicht.

Auf dem Desktop war Outlook Express geöffnet. Çoban überflog die Mails, sah aber nichts, was sein Interesse geweckt hätte. Er öffnete Word. Es dauerte ein paar Sekunden, bis das Programm startete. *Word 6.*

Er klickte auf den Reiter *Datei* und schaute nach den zuletzt geöffneten Dateien. Die letzte hieß tatsächlich »Protokolle.doc«. Bingo!

Gut, dass der alte PC schon einen USB-Anschluss hatte. Çoban steckte den Stick hinein. Ein kleines Fenster erschien unten rechts auf dem Bildschirm. Offenbar musste das System erst nach einem Treiber für den USB-Stick suchen.

Çoban sah sich wieder das Textprogramm an. Die zweite der zuletzt verwendeten Dateien hatte einen sehr kryptischen Namen. »ydfg.doc«. Als hätte Wernersen wahllos auf die Tastatur gehauen, um einfach irgendwas zu speichern. Er klickte darauf, aber das Programm teilte ihm mit, dass es die Datei nicht finden konnte.

Der Rechner suchte immer noch nach einem Treiber für den USB-Stick.

Gelangweilt klickte Çoban auf das Papierkorb-Icon auf dem Desktop. Eine einzige Datei befand sich darin. »ydfg.doc«. Was das wohl war? Er klickte auf »Wiederherstellen«, öffnete das Word-Fenster wieder und klickte erneut auf den Dateinamen.

Es dauerte ein paar Sekunden, bis Çoban die Tragweite dessen begriff, was da auf dem Bildschirm zu sehen war.

Du und Börge zahlt mir jeder 10 000 Euro, dann halte ich die Schnauze wegen SH. Übergabe Baugrube Neubaugebiet, 15.4. 22 Uhr. Martin

Çoban starrte auf den Monitor. Der Erpresserbrief, den sie bei Frey gefunden hatten. Was hatte das zu bedeuten? Hatte Wernersen ihn abgetippt? Aber warum, einfach um ihn auf seinem Rechner zu haben? Oder sollte er …?

Çoban holte sein Handy aus der Hosentasche. Hastig suchte er in den Fotos nach seiner Aufnahme des Erpresserbriefs. Der Ausdruck aus Freys Haus stimmte in Formatierung, Schriftart und Zeilenumbruch exakt mit Wernersens Word-Dokument überein.

Dann öffnete Çoban wieder das Fenster mit dem Ordner.

Die Datei »ydfg.doc« war am 12. Mai erstellt worden. Am Mittwoch also, und am Donnerstag hatten sie Freys Leiche gefunden.

Das konnte nur eines bedeuten: Der Erpresserbrief war hier geschrieben und ausgedruckt worden.

Çoban schloss die Augen. Er versuchte, sich zu erinnern. Das Pfarrhaus. Er und Braun. Dann Wernersen, der triumphierend ein Blatt Papier schwenkt. Ein Beweisstück, und er hat es aus Versehen angefasst.

Aus Versehen? Wenn er das Blatt hier ausgedruckt und zu Frey mitgenommen hatte, war das die perfekte Methode, zu erklären, warum die KTU seine Fingerabdrücke auf dem Blatt finden würde.

Und das war ja nicht das einzige Mal gewesen.

Die Tatwaffe.

Die Sturmhaube.

Nein, nein, das konnte nicht sein.

Aber was machte dann der Erpresserbrief auf Wernersens Rechner?

Çoban spürte sein Herz pumpen. Adrenalin. Jagdfieber.

Plötzlich verriet ein »Ping«, dass in Outlook Express eine neue Mail eingetroffen war. Çoban klickte auf das

Fenster. Der Absender schrieb sich komplett in Großbuchstaben: »KORSCHKA MIETWAGEN«, und der Betreff lautete: »Rechnung Volvo XC90«. *Was zum Teufel?* Er öffnete die Mail. Der Text begann mit »Liebe(r) Kunde(in)«, und im Folgenden bedankte sich Herr Korschka scheinbar persönlich dafür, dass man bei ihm in Bad Oldesloe einen Wagen gemietet habe.

Ein PDF hing der Mail an, Çoban klickte darauf.

Es handelte sich um die Rechnung über die Miete für einen Volvo XC90 für vierundzwanzig Stunden, vom 14.5.2021, 12 Uhr bis 15.5.2021 12 Uhr. 131,00 € inkl. MwSt. *Vielen Dank für Ihren Auftrag!*

Verdammt noch mal! Wernersen also. Wernersen im SUV, der ihn verfolgt, der ihn bei Tempo hundert beinahe gerammt hatte. Aber warum auch ausgerechnet ein Volvo-SUV?

Natürlich. Weil Börge Hartmann so einen fuhr. Dieses Auto war ein wichtiges Argument gewesen, um den Durchsuchungsbeschluss gegen Hartmann zu erwirken.

Sofort sah er Wernersen vor seinem inneren Auge, wie er ihm in Hartmanns Garage die Waffe präsentierte. Was, wenn er sie da überhaupt erst versteckt hatte? Oder einfach aus der Tasche gezogen, als Çoban angerückt war.

Er musste das alles sichern. Das waren alles Beweise. Und er musste Braun Bescheid sagen. Er nahm sein Smartphone und fotografierte den PC-Monitor ab. E-Mail, PDF, dann das Word-Dokument, den Ordner mit dem Datum. Hätte er hier ordentliches Internet, hätte er ihr alles gleich rüberschicken können, aber das Handy zeigte nur »E«.

Noch konnte er seine neuen Erkenntnisse nicht ganz einordnen. Aber eins war klar: Wernersen hatte Dreck am Stecken. Und zwar ganz gewaltig.

Was, wenn sich hier noch mehr finden ließ?

Er schaute sich um. Auf der rechten Seite hatte der Schreibtisch mehrere Schubladen. In der obersten befand sich Büromaterial – Hefter, Locher, Stifte. Die zweite Schublade war voll mit Papieren. Ungeordnete Rechnungen und Quittungen, auf Anhieb nichts von Interesse.

In der dritten Schublade fand er es dann, ganz unten unter einem Wust von Briefen verschiedener Versicherungen und einem Steuerbescheid. Mehrere handbeschriebene Zettel. »*Es tut mir leid*« fiel ihm ins Auge, dann »*Falk Richertz*«.

Çoban war wie elektrisiert. Es waren dicht beschriebene Seiten, die offenbar zusammengehörten. Unten auf der letzten stand ein Name.

Konrad Krasinski.

Es war ein Abschiedsbrief, die letzten Worte eines Mannes, der sich das Leben nahm. Und nicht nur das: Es war ein Geständnis. Eine Lebensbeichte. Hier stand, was im Sommer 1980 im Haus des Malers Falk Richertz geschehen war.

Krasinski berichtete detailliert, wie er und seine Freunde Börge, Karl und Frank einem Jungen namens Martin, der neu im Ort war, eine Mutprobe gestellt hatten. Wie Martin ins Haus des Malers hatte gehen und ein Bild stehlen sollen. Wie der Maler ihn erwischt und in den Keller gesperrt hatte. Wie die vier Freunde den Neuen dann befreit hätten, dabei aber den Maler getötet und anschließend sein Haus in Brand gesteckt hatten, um die Spuren zu verwischen. Und wie Martin Kornmeyer hinterher von den Geräuschen im Keller erzählt hatte, vom Hilferuf hinter der Tür, in der der Schlüssel gesteckt hatte. Krasinski schrieb, er habe dreißig Jahre mit der Schuld gelebt, jetzt könne er nicht mehr.

Also doch kein Suizid aufgrund von Geldsorgen.

Martin Kornmeyer war in dem Abschiedsbrief als Einziger mit dem Vor- und Nachnamen genannt. Börge, Karl und Frank: Hartmann, Frey und Jochimsen.

Von wegen, Krasinski habe keinen Abschiedsbrief hinterlassen. Raimund Wernersen hatte den Brief an sich genommen. Raimund *Hansen*. Der mutmaßlich als Kind seine Schwester Susanne auf tragische Weise verloren hatte.

Da hatte Çoban das Motiv für den Mord an Kornmeyer. Rache.

Der Schlüssel hatte außen in der Tür gesteckt.

Das letzte Puzzleteil.

Als er die Seiten fotografierte, spürte er, wie seine Hand leicht zitterte.

Dann klickte er auf Fanta Brauns Kontakt und auf ihre Handynummer. Nichts.

Er sah aufs Display: Kein Empfang. Nicht mal ein einsamer Balken.

Çoban verließ das Büro und ging wieder in den Garten. Hier ging es.

Fünfmal klingelte es, dann ging Braun ran. »Hey, Taifun!«

»Moin, Fanta.« Ganz ruhig.

»Hartmann hat noch nicht gestanden, falls du das wissen willst. Wir haben noch nicht mal …«

»Egal«, unterbrach Çoban sie. »Du glaubst nicht, wo ich gerade bin und was ich …«

In diesem Moment durchzuckte Çobans Kopf ein gleißender Schmerz, und alles wurde schwarz.

Raimund

Vater hat der neuen Frau seine Pistole gezeigt. Die hat er noch von seinem Vater, aus dem Krieg. Er bringt sie immer nach dem Dienst mit nach Hause, und dann schließt er sie ein.

An diesem Abend haben sie zu dritt im Wohnzimmer gesessen, er hat in dem Buch gelesen, das sie in Deutsch durchnehmen.

Die Frau hat ihn gefragt: »Was willst du denn mal werden, wenn du groß bist? Willst du auch zur Polizei?« Und er hat nicht gewusst, was er sagen soll, da hat er gar nichts gesagt, und dann meinte die Frau zu Vater: »Du, ich glaube, für die Polizei ist der zu dumm.«

Und Vater hat gelacht und gesagt: »Bestimmt haben seine Eltern ihn deshalb nicht haben wollen.« Und dann hat er gesagt: »Liebling, ich zeig dir mal was.« Er hat die Schublade aufgeschlossen und die Pistole herausgeholt.

Die neue Frau hat erst ihn mit großen Augen angesehen und dann die Pistole. »Toll«, hat sie gesagt.

»Willst du sie mal halten?«, hat Vater gefragt.

Sie hat genickt, und Vater hat ihr die Pistole gegeben. »Aber vorsichtig«, hat er gesagt, und sie hat wieder genickt und die Pistole in der Hand gewogen.

Und auf einmal hat sie vor Raimund gestanden und die Pistole auf ihn gerichtet und gesagt: »Steh auf!«

Vater hat hinter ihr im Sessel gesessen und zugeschaut, und als Raimund ihn angesehen hat, hat Vater gegrinst, aber nicht fröhlich, sondern böse.

Raimund ist aufgestanden, und sie hat plötzlich ganz laut »Peng!« gerufen, und dann hat sie gelacht. Und Raimund hat gespürt, wie es ihm warm die Beine herunterläuft, und dann ist er hinausgerannt und ins Badezimmer, und er hat geweint, er hat gar nicht aufhören können, und er hat gedacht: Entweder die neue Frau erschießt mich, oder Vater schlägt mich tot.

Zum ersten Mal seit Langem hat Raimund sich nach dem Heim zurückgesehnt.

27

Als Çoban zu sich kam, fiel es ihm zunächst schwer, sich zu orientieren. Er saß auf einem Stuhl, die Hände waren ihm auf dem Rücken zusammengebunden. Er zog an den Fesseln, sie schnitten ihm in die Handgelenke. Offenbar waren sie auch am Stuhl befestigt.

In seinem Hinterkopf pochte der Schmerz, und ihm war übel. Er schloss die Augen wieder, aber alles begann sich zu drehen. Er spürte, wie ihm der Inhalt seines Magens die Speiseröhre hochschoss, und im nächsten Moment lief es ihm heiß und bitter durch Mund und Nase auf Hemd und Hose. Er hustete und spuckte aus. Er zwang sich, die Augen offen zu halten.

Vor seinen Augen lag ein heller Schleier. Er blinzelte ein paarmal, es wurde besser. Langsam, Stück für Stück, registrierte er seine Umgebung. Offenbar befand er sich in einem Keller. Eine einsame Deckenleuchte erhellte den Raum, der kaum drei mal drei Meter maß. Das einzige Mobiliar waren der Stuhl, auf dem er saß, und ein schmuckloser hölzerner Tisch an der Wand vor ihm, der aussah wie ein Pult aus einem Klassenzimmer.

An der Wand über dem Tisch hingen mehrere große Pinnwände, und daran waren zahllose Zeitungsausschnitte geklebt, Seiten aus Illustrierten und ausgedruckte Blätter, hier und da war etwas mit einem gelben Textmarker markiert. Einige der größeren Schlagzeilen konnte er entziffern. *Brand in Harmsbüttel. Das tote Mädchen im Keller.* Ein großes Porträtfoto hing zwischen den Zetteln, offenbar vor langer Zeit fotokopiert. Ein Mann mit Augenklappe. Falk Richertz. Beides, die Zeitungsseite mit der Schlagzeile und das Foto, kannte er aus Kaans Aktenordner.

Hier hatte jemand ebenfalls alles gesammelt, was er über den Fall von 1980 hatte finden können.

Sicherlich hatte Raimund Wernersen jahrzehntelang nachgeforscht, was genau damals geschehen war, als Susanne Hansen gestorben war. Und als er es dank Krasinskis Abschiedsbrief endlich wusste, hatte er seine Rache geplant.

Dass er das alles hier nun so freimütig präsentierte, konnte nur eines bedeuten: Das war's. Jetzt würde Çoban auch in einer Baugrube landen.

Er wusste, wer erst einmal einen Mord begangen hatte, schreckte auch vor einem zweiten oder dritten nicht zurück, falls er dadurch verhindern konnte, zur Rechenschaft gezogen zu werden. Und einen zweiten oder dritten Mord mussten viele Mörder oft gar nicht mehr so aufwendig vor dem eigenen Gewissen rechtfertigen wie den ersten. Der zweite Mord war der an Frey, das dritte Opfer würde er sein.

Hinter ihm wurde die Tür geöffnet. »Verdammt, Çoban«, sagte Wernersen schon beim Eintreten. »Ich hätte es wissen müssen.«

Jetzt war er anscheinend auf einmal wieder »Çoban« statt »Taifun«. Würde er ihn auch siezen? Brauchte er diese zusätzliche Distanz, um es über sich zu bringen, ihn zu töten?

Çoban war überzeugt, dass in dem Moment, wenn man

jemandem das Leben nahm, etwas in einem zerbrach. Was den Menschen vom Tier unterschied, waren nicht das Lachen oder die Liebe oder die Intelligenz, es war das Gewissen. Und wenn es Schaden nahm, gab es für das Individuum nur zwei Optionen: den Weg der ewigen Reue, die einen bis ans Lebensende nicht mehr ruhig schlafen ließ, oder den Weg in den Abgrund, der einen immer tiefer mit sich riss. Manchmal wechselte beides einander auch ab, wie bei einer gespaltenen Persönlichkeit. Çoban wusste, dass das für Mörderinnen genauso galt wie für Soldaten. Er selbst hatte noch nie einen Menschen töten müssen; mehrere Male hatte er jemanden angeschossen, aber ein Leben ausgelöscht noch nie, und er fürchtete sich seit vielen Jahren vor dem Tag, an dem das geschehen würde. Vielleicht weil er nicht einschätzen konnte, welchen der beiden Wege er einschlagen würde.

Wernersen baute sich vor ihm auf. Er hatte eine Pistole in der Hand.

Çoban versuchte, die Gedanken zu ordnen. Konnte er Wernersen vielleicht mit der Information aus der Reserve locken, dass die Rechtsmedizin herausgefunden hatte, was wirklich mit Pastor Frey geschehen war? Aber ob er ihm glauben würde? Jeder in so einer Situation würde versuchen, sich eine abstruse Geschichte auszudenken, um seine Haut zu retten.

»Ich habe oben gesehen, dass Sie an meinem Rechner waren«, sagte Wernersen. »Und was Sie sich da angeschaut haben. Sogar den Abschiedsbrief von Konrad haben Sie gefunden.«

Er siezte ihn, tatsächlich.

»Sie haben bestimmt auch schon kombiniert, dass Susanne meine Schwester war.«

Çoban wollte nicken, aber als er den Kopf bewegte, nahm augenblicklich der Schmerz wieder zu. »Ja«, sagte er. »Zumindest vermutet.«

Ihre Blicke trafen sich. Da war etwas abgrundtief Trauriges in Wernersens Augen, das Çoban noch nie an ihm wahrgenommen hatte.

»Als Susanne verschwand, hat unsere Mutter aufgehört zu reden. Sie hat nicht mehr mit mir gesprochen, kein einziges Wort, und auch sonst hat sie kaum etwas gesagt. Ein ganzes Jahr lang. Das sind mit meine frühesten Erinnerungen. Und als Susanne dann ...« Wernersen brach ab.

Çoban sah, wie ihm Tränen die Wangen hinunterrannen, bis in die Ausläufer seines dünnen Schnurrbarts, die links und rechts an den Mundwinkeln vorbei Richtung Kinn liefen.

»Meine Mutter ist buchstäblich verrückt geworden«, fuhr er fort. »Sie hat Anfälle gehabt, da hat sie geschrien und sich die Haare ausgerissen, richtig büschelweise. Aber sie hatte niemanden, keine Verwandten, meine Großeltern waren, glaube ich, ebenfalls schon tot. Meinen Vater habe ich auch nie kennengelernt. Sie haben sie dann in die Klapse gesteckt, und ich bin erst ins Heim gekommen und dann in eine Pflegefamilie. Das war beides gleich schlimm. Im Heim haben mich die anderen einmal so ... Ich ... ich kann keine ... Und Silke hätte so gerne Kinder gehabt. Ich hatte mir schon mit zehn oder elf geschworen, dass ich irgendwann herausfinde, was damals geschehen ist.« Wernersen drehte sich um und schien die Wand mit den Zeitungsausschnitten zu betrachten. »Und dann hat Konrad sich umgebracht. Sein Brief war ein Geschenk des Himmels.«

Wernersen drehte sich wieder zu Çoban und lehnte sich gegen die Tischkante. Er schilderte, wie er die nächsten Jahre nachgeforscht hatte, wo Martin Kornmeyer abgeblieben war. Aber der war seit Jahrzehnten nirgends gemeldet. Wernersen hatte schon geglaubt, er sei tot oder ins Ausland gegangen. Da hatte er in diesem Frühjahr auf einmal Glück gehabt: Kornmeyers Name war im Polizeiticker aufgetaucht. Er war in Lübeck wegen Drogenbesitzes aufgegriffen worden.

»Ich habe bei den Kollegen angerufen und sie gebeten, mir Fotos von ihm zu schicken, nur war Kornmeyer gar nicht erkennungsdienstlich erfasst worden. Man hatte ihn keiner Straftat beschuldigt, sondern bislang nur verdächtigt. Und er war auch schon wieder auf freiem Fuß. Aber die Kollegen haben ihn mir beschrieben, auch, was er anhatte, und da bin ich nach Lübeck gefahren und habe Kornmeyer tatsächlich gefunden, am Bahnhof gibt es einen Treffpunkt für Obdachlose.«

Je mehr Wernersen erzählte, desto mehr schwand Çobans Hoffnung, den Kellerraum hier lebend zu verlassen. Wer so detailliert auspackte, ließ seinen Ohrenzeugen nicht am Leben. Es sei denn …

»Ich war in Uniform«, erzählte Wernersen weiter, »habe Kornmeyer meinen Dienstausweis gezeigt, und er ist ohne Weiteres ins Auto eingestiegen. Stand völlig neben sich, war betrunken oder auf Drogen oder beides, keine Ahnung. Konnte kaum stehen, im Auto ist er gleich eingepennt. Ich bin mit ihm in den Wald, hab ihn rausgezerrt, er hat irgendwas gebrabbelt. Die Waffe von meinem Alten hatte ich mitgenommen, aber ich weiß gar nicht mehr, ob ich von vornherein vorhatte, ihn zu töten. War dann aber auch egal, ich habe in dem Moment nicht lange überlegt und ihn erschossen. Es war nur schade, dass er nicht richtig bei sich war. Ich weiß gar nicht, ob er verstanden hat, warum er sterben muss. Anschließend habe ich ihn in den Kofferraum verfrachtet.«

Çoban fühlte langsam seine Lebensgeister wieder zurückkehren. Er erinnerte sich, dass er mit Fanta Braun telefoniert hatte. Während des Telefonats musste Wernersen ihn niedergeschlagen haben. Vielleicht half es ihm, ein wenig Zeit zu schinden. Vielleicht war Braun ja schon auf dem Weg.

»Wie bist du denn …?«, begann Çoban. Sofort begann sich alles zu drehen, und ihm wurde wieder übel. Er schloss die Augen. Egal, da musste er jetzt durch, wenn er nicht sofort erschossen werden wollte. »Wie bist du denn darauf gekommen, Kornmeyer in der Baugrube zu vergraben?«

Wernersen seufzte. »Das war reiner Zufall. Auf der Rückfahrt von Lübeck bin ich am Neubaugebiet vorbeigekommen, da kam mir die Idee.«

»Als du die Leiche im Kofferraum hattest?«

»Ja. Ich bin dann nachts mit einem Spaten hin, hat zum Glück niemand mitbekommen. Und irgendwie fand ich das passend, direkt auf der anderen Straßenseite ist ja die Ruine von dem Haus, wo meine Schwester gefoltert und getötet wurde. Auch im Keller.« Er schloss die Augen und seufzte noch einmal.

»Dann hast du gar nicht gewusst, dass da ein paar Tage später Beton gegossen werden sollte?«

»Nee, gar nicht. Aber ich fand es natürlich sehr ... beruhigend. Das war fast, als ob eine höhere Macht sagt: Siehste, Raimund, du hast alles richtig gemacht. Jetzt kannst du endlich Frieden finden.«

»Aber – die Baufirma von Olaf Petersen ... Das ist doch dein Schwager, oder?«

»Du bist ja echt auf Zack. Nein, das war Zufall.«

Jetzt war Wernersen wieder beim Du. Çoban nahm das als gutes Zeichen. Sie redeten, sie näherten sich an. Aber vielleicht war es auch nur Reflex, weil Çoban ihn geduzt hatte.

»Und dann ist die Leiche auf einmal wieder aufgetaucht«, sagte Çoban.

Wernersen atmete tief ein und nickte. Er verschränkte die Arme vor der Brust. In der rechten Hand hielt er immer noch die Pistole. »Damit war alles dahin. Ich konnte nur beten, dass nicht so schnell rauskommt, wer der Tote ist. Als dann klar war, da tanzt einer vom LKA an, der auf solche Fälle spezialisiert ist, hab ich es echt mit der Angst gekriegt. Da hatte ich die Idee und dachte wieder, das ist, wie wenn eine höhere Macht sich einschaltet. Die mir zeigt, dass ich noch nicht am Ende bin. Ich habe eine Erpressung fingiert, und schon konnte ich neben Kornmeyer noch zwei der Jungs drankriegen, die damals das Haus angesteckt haben.«

»Dann hast du mir wahrscheinlich auch in der Pension das Foto auf den Tresen gelegt? Damit ich mich erst mal darum kümmere, wer darauf zu sehen ist?«

»Klar. Und dass ich das in dem Volvo war, hast du dir wahrscheinlich auch schon zusammengereimt. Ich wollte dir natürlich nichts tun, Ehrenwort. Du solltest denken, dass das Hartmann ist.«

»Und vorher hattest du Frey ermordet.«

Wernersen sah Çoban einen Moment lang unsicher an. »Das habt ihr auch herausgefunden? Dass es kein Suizid war?«

»Haben wir.«

Wernersen nickte langsam. »Ich hoffe, du nimmst es mir nicht übel, dass ich dir den rassistischen Dorfbullen vorgespielt habe?«

»Wie bitte?«

»Das ist mir echt nicht leichtgefallen. Aber ich dachte mir, wenn du mich von vornherein für ein Arschloch hältst, nimmst du es mir eher ab, dass ich alle Beweisstücke, die wir finden, mit meinen Fingerabdrücken versehe.«

Çoban staunte. Bei allem, was er sich bis jetzt zusammengereimt und kombiniert hatte, allen Details, die sich nun immer dichter zu einem Gesamtbild zusammensetzten – *darauf* wäre er tatsächlich nicht gekommen.

»Nur eines hat nicht so geklappt, wie ich gehofft hatte«, sagte Wernersen. »Ich hatte zwar nicht geplant, dass Hartmann nach Hause kommt, als wir in seiner Garage waren.

Aber als er dann sogar noch die Walther aufgehoben hat und weggelaufen ist, habe ich gedacht, vielleicht erschießt du ihn ja auf der Flucht. Ich wollte, dass er wegen Mord ins Gefängnis wandert, schließlich hat er ja mitgeholfen, damals das Haus anzustecken. Aber in dem Moment fand ich, wenn er erschossen wird, kann er sich wenigstens nicht mehr rauswinden.«

Çoban kam der Gedanke, wenn sie das Haus nicht angezündet hätten, wäre Susanne Hansen vielleicht nie gefunden worden, und sie hätte möglicherweise noch jahrelang leiden müssen. Aber er verkniff sich die Bemerkung. Sie führte ja letztlich auch nirgendwohin.

»Es tut mir auch leid, dass ich dich da eben im Garten niedergeschlagen habe«, sagte Wernersen. »Aber ich wusste mir in dem Moment nicht anders zu helfen.«

»Ist schon okay. Wirklich.«

Er sah Çoban direkt in die Augen. Sein Blick war wieder feucht. »Trotzdem, bei allem, was ich getan habe ... Ich habe bei jedem weiteren Schritt gedacht: Jetzt räche ich Susanne, und dann geht es mir besser. Dann komme ich zur Ruhe. Aber das war nicht der Fall. Die paar Wochen, als Martin Kornmeyer unter dem Beton lag, da war das so. Da konnte ich gut schlafen, da war ich richtig fröhlich, Silke ist das auch aufgefallen. Aber dann ...« Er schloss die Augen.

»Trotzdem, Raimund, wenn du mich jetzt auch noch erschießt, macht es das ja nicht besser.«

Wernersen sah ihn erstaunt an. Dann schaute er auf die Pistole in seiner Hand, als sähe er sie zum ersten Mal. Er hatte immer noch die Arme vor der Brust verschränkt. »Wer will …? Du glaubst doch nicht …?« Dann lachte er kurz auf, aber fröhlich klang es nicht. »Ich will dich doch nicht erschießen, wie kommst du denn darauf.«

Und damit ging er an Çoban vorbei und schloss die Tür.

28

Çoban wusste nicht, wie lange er so gesessen hatte. Den Gedanken, den Stuhl zu zerstören, um sich zu befreien, hatte er gleich wieder aufgegeben. Bei einem Holzstuhl wäre das vielleicht gegangen, aber das Gestell war aus Stahlrohr. Ein paarmal hatte er um Hilfe gerufen, nachdem Wernersen den Raum verlassen hatte, in der vagen Hoffnung, dass doch noch Fanta Braun zu seiner Rettung käme.

Als er dann schließlich über sich Schritte hörte, rief er noch einmal aus Leibeskräften. Die Schmerzen hatten inzwischen nachgelassen, und ihm war auch nicht mehr übel.

Kurz darauf flog in seinem Rücken die Tür auf, und jemand rief: »Was ist denn hier los?«

Aber es war nicht Braun. Es war Silke Wernersen.

Sie verschwand noch einmal kurz, um ein Messer zu holen. Während sie ihm die Fesseln durchschnitt, berichtete Çoban in knappen Worten, was vorgefallen war. Er bemühte sich, es so zu formulieren, dass Silke Wernersen möglichst nicht in Panik geriet, aber am Ende zog sie die gleiche Schlussfolgerung wie er: »Mein Gott, er tut sich doch nichts an?«

Jetzt half nur pragmatischer Aktionismus. »Wo kann er hin sein?«, fragte Çoban. »Ist sein Auto weg?«

»Nein, unser Auto steht in der Auffahrt und der Polizeiwagen an der Straße.«

»Dann ist er also zu Fuß weg.« Çoban lief hinter ihr die Treppe hoch. »Oder hat er ein Fahrrad oder ein Moped oder so?«

»Nein.«

»Überlegen Sie. Wohin könnte er sein?«

Sie verließen das Haus durch die Poststelle. Silke Wernersen blieb stehen und sah sich unschlüssig um. Tränen liefen ihre Wangen hinunter, aber sie gab keinen Laut von sich.

Schließlich sagte sie: »Kommen Sie!«, und ging zügig voraus.

Er folgte ihr.

Sie gingen die Dorfstraße hinunter, am Dorfteich vorbei, eine Querstraße weiter bogen sie rechts ab. Jetzt war auch Çoban klar, wohin Silke Wernersen wollte.

Ein paar Minuten später standen sie vor der Ruine des Hauses von Falk Richertz.

»Raimund!«, rief Silke Wernersen. »Raimund? Bist du hier?«

Stille.

»Sag doch was!«

Immer noch nichts.

»Mein Gott, was hab ich nur angerichtet«, sagte sie. »Er ist ganz bestimmt hier. Ich gehe rein und suche ihn.«

»Auf keinen Fall«, sagte Çoban, »Sie bleiben hier, ich gehe.«

Er betrat die Ruine durch die Reste der Öffnung, in der sich einst die Haustür befunden hatte. Schon hier musste er aufpassen, wohin er trat. Der ganze Betonfußboden war übersät mit Ziegeln und Dachpfannen, hier und da sah man Fetzen dunkler Teppichfliesen. Auf einigen wuchsen kümmerliche Pflanzen.

Mein Gott, was hab ich nur angerichtet, hallte es in Çobans Kopf wider. Es war mitunter schon seltsam, wie manche Menschen alles auf sich bezogen.

Ein Geräusch. Ein menschliches Geräusch, ganz kurz, wie eine Mischung aus Schluchzen und Stöhnen.

Er machte behutsame Schritte, einen nach dem anderen, jedes Mal, wenn er den Fuß aufsetzte, war er darauf gefasst, dass der Boden nachgab. Aber es schien massiver Beton zu sein, dem weder der Brand noch vierzig Jahre etwas hatten anhaben können.

Çoban kam zu einer großen rechteckigen Öffnung im Fußboden. Betonstufen führten in den Keller. Von dort war das Geräusch gekommen.

Natürlich, Raimund Wernersen wollte dort sein, wo seine Schwester gestorben war, wenn er sich das Leben nahm.

»Raimund? Ich komme zu dir runter«, sagte Çoban.

Als er den Fuß auf die dritte Stufe setzte, sah er ihn. Er kauerte vor einer Metalltür. Das musste der Raum sein. Der Raum, in dem …

Çoban konnte nichts tun. Im Halbdunkel sah er, wie Wernersen den Kopf in den Nacken legte, die Pistole unter dem Kinn ansetzte und abdrückte.

Der Knall war ohrenbetäubend. Çoban hörte ein hohes Piepen und irgendwo dahinter das Geschrei von Silke Wernersen. Dann ein dumpfes Geschepper links von ihm und einen lang gezogenen Schrei, der gar nicht mehr aufhören wollte.

Er ging zur Haustür zurück. Dort lag Silke Wernersen zwischen den Trümmern. Offenbar war sie blindlings in die Ruine hineingelaufen und über irgendetwas gestolpert. Ihr Bein blutete. Die Jeans war aufgerissen, der Stoff verfärbte sich dunkel. Sie schrie und schrie.

Çoban beugte sich zu ihr und stützte ihren Kopf.

Plötzlich schnellte sie hoch und warf sich mit ihrem ganzen Gewicht auf ihn. Er fiel hintenüber und schlug mit dem Hinterkopf auf dem Boden auf, genau dort, wo Wernersen ihn vorhin bewusstlos geschlagen hatte. Sofort wurde ihm wieder übel, und alles begann sich zu drehen. Er bekam keine Luft mehr. Silke Wernersen lag auf ihm und presste ihre Hände um seinen Hals. Sie schrie und schrie.

Çoban packte ihre Handgelenke, aber er war zu schwach. Er hatte das Gefühl, sein Kopf würde zerspringen. Alle Kraft wich aus seinen Gliedern. In seinen Ohren dröhnte es.

Er hatte versagt, auf ganzer Linie. Ein Unschuldiger war verhaftet worden, der wahre Mörder hatte sich das Leben genommen, und jetzt brachte dessen Frau ihn um. Zu Recht.

29

Irgendetwas hatte sich verändert. Dann fiel es Çoban auf. Stille. Das Geschrei hatte aufgehört, es piepte oder rauschte nicht mehr in seinen Ohren. Und da waren auch keine Hände mehr, die seinen Hals umklammerten.

Über sich sah er immer noch ein verschwommenes Gesicht, aber als sich sein Blick fokussierte, wurde ihm klar, dass das nicht mehr Silke Wernersen war, die über ihm kniete, sondern Fanta Braun.

»Gott sei Dank, Taifun, ich dachte schon ...«

Çoban wollte etwas erwidern, brachte aber nur ein Krächzen heraus.

»Lass man, reden ist jetzt wahrscheinlich keine so gute Idee.«

Er sah an sich herunter. Offenbar lag er auf einer Trage.

Ein Sanitäter stand neben ihm. »Ah, sehr gut. Da sind Sie ja wieder. Ich mess dann mal eben Ihren Blutdruck.«

»Fanta ... Wo ist ...?« Mehr brachte Çoban nicht heraus.

Braun legte ihm den Zeigefinger auf die Lippen. »Nicht reden.« Sie wies zur Straße, wo ein Krankenwagen und ein Streifenwagen standen.

»Frau Wernersen kommt in die Klinik«, sagte sie, »Nervenzusammenbruch. Ich konnte sie kaum von dir wegreißen. Und dann hat sie sich zusammengerollt und geweint, bis die Kollegen hier waren. Aber du hast mir vielleicht einen Schrecken eingejagt. Ich war gerade beim Mittag, als du angerufen hast. Und dann warst du plötzlich weg, es gab ein ganz komisches Geräusch. Auf einmal war Raimund dran und sagte irgendwas von wegen, ihr hättet noch etwas zu besprechen und du könntest gerade nicht, und dann hat er einfach aufgelegt. Ich habe noch mehrmals versucht, dich anzurufen, aber immer hieß es: ›Der Teilnehmer ist nicht erreichbar.‹ Das kam mir dann doch komisch vor, und ich bin zu Raimund gefahren. Da war niemand, obwohl die Tür vom Laden auf war. Auf der Terrasse hab ich deine Umhängetasche gefunden. Und Blutspuren. Ich bin ins Büro rein, da lag dieser Abschiedsbrief von Krasinski auf dem Tisch. Dann bin ich zu Frey, von da zum *Büttelkrog* und schließlich hierher. Das Geschrei habe ich schon im Auto gehört. Offenbar bin ich gerade noch rechtzeitig gekommen.«

Çoban rieb sich den Hals.

»Aber was ist mit Wernersen? Wieso bist du mit seiner Frau hierher, was ist passiert, Taifun?«

Da dämmerte es Çoban erst, dass sie den toten Wernersen noch gar nicht gefunden hatten.

»Raimund ist tot«, flüsterte er tonlos. Das ging ganz gut.

Braun sah ihn verwundert an. »Tot? Aber … Und wo?«

»Hier im Keller. Erschossen.«

»Erschossen?« Sie sah ihn entsetzt an. »Doch nicht etwa … Ich meine, hast du …?«

»Nein, er hat sich umgebracht. Und er hat Kornmeyer und Frey getötet.«

»Dann ist Hartmann also unschuldig? Aber wieso Frey, der ist doch Suizid?«

»Nein«, flüsterte Çoban. »Mord.« Sein Kopf fing wieder an zu dröhnen.

»Wow!«

Silke

Ob sie schuld ist?

Da hängt Konrad an einem Seil, mitten in seinem Wohnzimmer. Er hat den Kronleuchter abgenommen und am Haken ein Kabel befestigt mit einer Schlinge und sie sich um den Hals gelegt.

Sie muss Raimund verständigen, sofort. Aber sie steht in der Terrassentür und kann ihre Beine nicht bewegen. Ihre Arme auch nicht, gar nichts.

Was bist du für ein Arschloch, denkt sie und erschrickt über ihren eigenen Gedanken. Über Tote soll man nicht schlecht reden. Aber warum hast du nichts gesagt? Konrad, armer Konrad.

Konrad hat sie damals beschützt und dafür gesorgt, dass die drei Jungs sie endlich in Ruhe lassen. Ihn hat es nicht gestört, dass Börge und Karl und Frank sie schon überall berührt hatten. Er hat sie auch berührt, aber ganz anders. Und das hat das Gefühl von damals, das Gefühl, so schmutzig zu sein, dass sie stundenlang duschen musste und das doch nicht wegging, langsam verblassen lassen. Aber nicht die Erinnerung. Die Erinnerung ist geblieben, sie ist präsent wie eh und je. Und die Erinnerung war es auch, die ihre Beziehung zerstört hat. Immerhin war Konrad Teil der Clique gewesen. Und diese Tatsache hat an ihr genagt, hat an ihnen beiden genagt.

Ob sie trotzdem schuld ist, dass er da hängt? Es ist Jahre her, dass sie mit ihm Schluss gemacht hat. Letztlich ist es doch nur eine Jugendliebe gewesen, nicht mehr und nicht weniger. Nicht wie das, was sie mit Raimund hat. Gar nicht. Konrad hat ihr geholfen, als es ihr am schlimmsten ergangen ist. Aber das hat nicht gereicht. Das hat bei Weitem nicht gereicht.

Als sie sich endlich wieder rühren kann, sieht sie sich im Zimmer um. Kein Abschiedsbrief, gar nichts.

Moment! Kein Abschiedsbrief.

Vielleicht ja doch. Vielleicht ist das die Chance. Die Chance für sie, Rache zu nehmen. Und vor allem die Chance für Raimund, mit seiner Vergangenheit abzuschließen. Die Gewissheit zu finden, die er seit über dreißig Jahren sucht. Auch wenn kein Wort davon stimmt, wenn sie sich alles ausgedacht hat.

Sie hat Konrads Handschrift damals ganz gut nachmachen können, dafür hat sie ein Händchen. Und wer wird bei dem Abschiedsbrief eines Selbstmörders denn genau nachprüfen, ob er auch vom Toten stammt? Zumal hier in Harmsbüttel.

Vor allem aber wird Raimund den Brief finden, und wenn der ihn gelesen hat, wird er den Inhalt sicher nicht an die große Glocke hängen.

Aber er wird dafür sorgen, dass Börge, Karl und Frank ihre gerechte Strafe erhalten. Oder zumindest irgendeine Art von Strafe. Niemand, der so etwas tut, darf ungeschoren davonkommen. Und Sexualdelikte sind nach zwanzig Jahren verjährt, das hat Raimund irgendwann mal erwähnt.

Nicht, dass sie mit ihm über damals hätte sprechen können. Sie hat es mehrfach versucht, aber jedes Mal ist es gewesen, als würden sich die Wörter weigern, aus ihrem Mund zu kommen. Als würde das Wort »Vergewaltigung« große, hässliche Fühler ausstrecken, mit denen es sich in ihrem Rachen festklammerte. Nein, nicht Fühler, Tentakel. Tentakel mit Widerhaken.

Da, auf dem Schreibtisch, ein Block und Stifte.
Sie setzt sich hin und überlegt. Dann beginnt sie zu schreiben.

30

Mittwoch, 19. Mai 2021

»Was machst du denn hier, Baba?« Çobans Stimme klang noch immer kratzig, und sein Hals tat weh, aber immerhin konnte er wieder sprechen.

Sein Vater, der neben seinem Krankenhausbett saß, sah von seiner Illustrierten auf und starrte seinen Sohn an, als hätte er jemand anders erwartet. Er legte die Zeitschrift fort und ergriff Çobans Hand. »Mein Junge. Was machst du für Sachen. Du hast den falschen Beruf.«

»Immerhin habe ich einen Mord aufgeklärt«, krächzte Çoban. »In gewisser Hinsicht.«

»*Saçmalık.* Das hätte auch ein anderer machen können.«

»Wenn du meinst.«

»Aber ich hatte recht, oder? Komm, sag!«

»Womit?«

»Dass es einer war, von dem es keiner vermutet hat.«

»Ja, du hattest recht.«

»Vielleicht sollte ich auch beim LKA anfangen.«

»Bestimmt.« Çoban seufzte und schloss die Augen.

»Was ist, mein Sohn? Hast du Schmerzen?«

»Nein, ich habe einen anstrengenden Vater.«

Sein Vater lachte und drückte Çobans Hand.

Diesmal tat es wirklich weh, und er stöhnte auf.

»Ich habe dir was Süßes mitgebracht.« Sein Vater nahm eine Pralinenschachtel vom Nachttisch und zeigte sie Çoban. Sie war halb leer. »Schau, die waren nicht billig.«

»Die sind doch bestimmt schon abgelaufen, oder?«

»Na und? *Mindestens haltbar bis* heißt doch nicht *Sofort ungenießbar ab*. Dass ich die bei mir nicht mehr verkaufen darf, ist eine Schande. War Restposten.«

»Du weißt doch, dass ich nichts Süßes mag, Baba.«

»*Saçmalama*, Taifun. Ins Krankenhaus bringt man Pralinen mit. Und die sind wirklich lecker. Und ganz ohne Alkohol.« Sein Vater nahm eine aus der Packung, steckte sie sich in den Mund, schloss die Augen und lehnte sich lächelnd zurück.

»Schön, dass es dir schmeckt«, sagte Çoban. Er atmete tief ein und aus und spürte, dass er wegdämmerte.

Als es an der Tür klopfte, war er wieder wach. Er musste eingenickt sein. Sein Vater war immer noch da, die Pralinenschachtel auf dem Nachttisch nun so gut wie leer. Ein einsamer Trüffel war übrig. Der Anstandstrüffel.

Die Tür schwang auf, und Fanta betrat das Zimmer.

Çoban richtete sich in seinem Krankenbett ein wenig auf.

Sie sah ihn besorgt an. »Taifun. Ist alles okay? Wie fühlst du dich?«

»Alles gut«, antwortete er.

»Mein Name ist Fanta Braun«, sagte sie in Richtung seines Vaters. »Und Sie sind …?«

Der erhob sich und deutete einen Diener an. »Çoban, Alpaslan Çoban. Ich bin der Vater dieses Unglücksraben. Sind Sie die Kommissarin?«

»Ja, genau.«

»Ich glaube, mein Sohn hat mir von Ihnen erzählt.«

Oh nein, das konnte peinlich werden. »Baba, ich glaube, du solltest jetzt gehen. Wir haben dienstliche Dinge zu besprechen.«

Sein Vater wollte aufstehen, aber Braun hob die Hände. »Nein, bitte, ich möchte ja gar nicht stören, und das Dienstliche können wir bereden, wenn es dir besser geht.«

»Ist schon gut«, sagte sein Vater und zwinkerte Çoban zu. »Wegen Corona darf ja nur einer zurzeit zu Besuch kommen und auch nur für eine Stunde. Ein Glück, dass es überhaupt wieder erlaubt ist. Ich komme morgen wieder, wenn ich es schaffe. Oder ich rufe an.« An der Tür fummelte er seine Maske aus der Tasche, setzte sie auf und zwinkerte noch einmal.

Als er fort war, setzte sich Braun auf den Stuhl neben Çobans Bett. »Ich habe dir was mitgebracht.« Sie holte eine Pralinenschachtel aus ihrer Tasche und eine Flasche Multivitaminsaft und stellte beides auf dem Nachttisch ab. »Oh, da hat aber schon jemand genascht«, sagte sie. »Gut, dass ich Nachschub mitgebracht hab.« Sie nahm die fast leere Schachtel von seinem Vater. »Darf ich die letzte?«

»Die sind abgelaufen«, sagte Çoban.

»Ach, die werden doch nicht schlecht.« Sie steckte sich den Trüffel in den Mund.

»Ihr würdet euch gut verstehen, du und mein Vater.«

»Er machte auch einen netten Eindruck.«

»Schön, dass du da bist«, sagte Çoban.

»Schön, dass es dir besser geht. Und du wieder sprechen kannst.« Sie zog ihre Jacke aus und legte sie über die

Stuhllehne. »Wir haben gestern noch einen neuen Durchsuchungsbeschluss bekommen, für Wernersens Haus, und da schon alles Mögliche abtransportiert. Aber es ist vielleicht einfacher, du erzählst mir, wie das jetzt alles zusammenhängt.« Sie holte ihr Smartphone aus der Tasche und startete die Diktierfunktion. »Am besten nehme ich das auf, okay?«

Çoban berichtete in knappen Worten, was vorgefallen war, und erfuhr von seiner Kollegin, dass Hartmann standhaft bestritten hatte, etwas mit dem Mord an Kornmeyer zu tun zu haben. Als plötzlich die Polizei in seiner Garage war, hatte er Panik bekommen und war weggelaufen, denn ebendort, in der Garage, lagerte er jede Menge Hehlerware, die er in Lübeck und Hamburg absetzen wollte. Immerhin das hatte er vollumfänglich gestanden.

»Dass Wernersen hinter allem steckt, erklärt noch einen weiteren Vorfall. Frank Jochimsen, der Fünfte auf dem Foto von damals, der ist Arzt und hat in Mölln eine Praxis. Und dieser Jochimsen ist vorgestern Abend angeschossen worden. Der Täter ist in die Praxis reinmarschiert, direkt ins Sprechzimmer, hat auf ihn geschossen und ist wieder gegangen. Es sieht aber so aus, als würde er überleben. Der Täter wurde als groß und muskulös beschrieben, das passt ja gut auf Raimund. Und er trug eine schwarze Sturmhaube. Wahrscheinlich ist das wirklich so: Wer einen Mord begangen hat, der schreckt auch vor weiteren Morden nicht zurück, um zu vertuschen, was er getan hat.«

Çoban fiel ein, dass ihm genau dieser Gedanke in Wernersens Keller gekommen war.

»Silke Wernersen geht es übrigens wieder etwas besser. Die liegt auch hier in der Klinik.«

»Ach so?«

»Ja, bei der war ich gerade. Sie wird wohl bald entlassen.«

»In welchem Zimmer liegt sie denn?«

»Hundertsechs. Nee, hundertacht. Willst du sie besuchen?«

»Vielleicht. Wobei – mich wird sie sicher als Allerletztes sehen wollen.«

»Ja, das denke ich auch.«

Zum Abschied drückte Braun Çoban die Hand. Er hätte sie gerne noch länger gehalten.

Als sie fort war, kam eine Schwester und brachte das Mittagessen. Danach wurde bei ihm Fieber gemessen und die Urinflasche ausgetauscht. Ab morgen dürfe er dann auch wieder aufstehen, hieß es.

Anschließend lag er da. Auf Fernsehen hatte er keine Lust. Sein Smartphone hatte nur noch zwanzig Prozent, und er hatte kein Ladekabel. Vielleicht konnte Braun ihm eines bringen.

Ihm wurde erst jetzt klar, dass er gar nichts zu lesen hatte. Ein paar Tage musste er noch hierbleiben, hatte der Arzt gesagt. Bestimmt gab es irgendwo einen Aufenthaltsraum mit ausgelesenen Schmökern.

Seine Gedanken kreisten schon wieder um Wernersen, Kornmeyer und Harmsbüttel. Mindestens ein Detail gab es noch, das ihn störte. Etwas, das jemand beiläufig erwähnt, das Çoban im Kopf abgespeichert hatte und das jetzt nicht zu den übrigen Informationen passte, die er ermittelt hatte. Ein Teil, das sich nicht einfügen ließ, obwohl der Rest des Puzzles fertig war.

Wie war er jetzt darauf gekommen?

Silke Wernersen. Vielleicht etwas, das sie gesagt hatte? Er versuchte, sich an ihr Gespräch auf der Bank am Dorfteich zu erinnern.

Und dann hatte er es. Konrad Krasinski. Frau Wernersen hatte erzählt, wie sie ihn damals erhängt in seinem Haus gefunden hatte. Und dass er keinen Abschiedsbrief hinterlassen hatte.

Warum hatte sie ihn angelogen? Es gab nur eine Erklärung: Sie hatte den Abschiedsbrief ihrem Mann gegeben, damit der ihn unter Verschluss hielt.

Aber warum? Um ihren Mann zu decken, damit der seinen Rachefeldzug führen konnte? Aber das würde bedeuten, dass sie die ganze Zeit im Bilde gewesen war. Dass sie ihm möglicherweise geholfen hatte. Eine Leiche schleppt sich leichter vom Kofferraum in eine Baugrube, wenn man zu zweit ist. Çoban konnte nicht einmal ausschließen, dass sogar sie es war, die Kornmeyer und Frey umgebracht hatte.

Vielleicht war es das letzte lose Ende dieser Geschichte.

Sobald Çoban sich aufsetzte, pochte es wieder in seinem Hinterkopf, aber darauf konnte er jetzt keine Rücksicht nehmen. Er sah hoch zu dem Tropf, der in seinen linken Arm führte. Der baumelte an einem rollbaren Infusionsständer, sehr gut, dann war er also mobil, ohne sich den Schlauch aus dem Arm zu rupfen. Und an einem der

Haken vorm Bad hing der krankenhauseigene Bademantel. Zwei weiße Pantoffeln standen dort ebenfalls. Privatpatient zu sein hatte schon seine Vorteile.

Er setzte sich auf, hievte die Beine nacheinander über die Bettkante und atmete tief ein und aus. Schon besser.

Er musste Silke Wernersen zur Rede stellen, bevor sie die Klinik verließ.

31

»Was wollen Sie? Können Sie mich nicht einfach in Ruhe lassen?«

»Frau Wernersen, ich meine, Silke, ich kann verstehen, dass Sie mich nicht sehen wollen. Aber es gibt etwas, das mir keine Ruhe lässt.«

»Ich verstehe nicht, was ...«

»Silke. Gibt es nicht etwas, das Sie mir sagen wollen?«

»Ich ... Was meinen Sie?«

»Konrad Krasinski meine ich.«

»Konrad? Was um alles in der Welt sollte ich Ihnen da erzählen wollen?«

»Etwas, das Sie mir verheimlicht haben.«

»Was ich Ihnen ... Keine Ahnung, was Sie von mir wollen.«

»Ich habe seinen Abschiedsbrief gefunden. Den Abschiedsbrief, von dem Sie behauptet haben, er würde gar nicht existieren.«

»Hab ich das?«

»Haben Sie. Und da habe ich mich natürlich gefragt: Warum?«

»Warum – was?«

»Silke, ich möchte nur ...«

»Schon gut. *Ich* habe Konrads Abschiedsbrief geschrieben.«

»Sie?«

»Ach, kommen Sie, tun Sie nicht so. Das haben Sie sich doch inzwischen bestimmt auch schon zusammengereimt. Ich war jahrelang mit Konrad zusammen, ich kannte seine Schrift.«

»Aber wieso haben Sie das getan?«

»Raimund hat so viele Jahre darunter gelitten, dass er nicht wusste, wer seine Schwester umgebracht hat. Ich wollte doch nur, dass er das Gefühl hat, dass er endlich mal mit der Sache abschließen kann. Da hab ich mir das eben ausgedacht. Martin Kornmeyer war verschwunden, Konrad war tot. Dem konnte er auch nichts mehr anhaben. Ich fand das eine richtig gute Lösung. Raimund konnte wieder ruhig schlafen, und niemandem hat es geschadet. Das ging ja auch ein paar Jahre gut.«

»Bis Kornmeyer auf einmal auftauchte.«

»Stimmt. Damit hatte ich nun wirklich nicht gerechnet. Ich weiß noch, an dem Tag – mitten in der Nacht hat Raimund mich geweckt, und er hat mir alles erzählt. Er hat geweint, ich habe ihn im Arm gehalten und ihm gesagt: ›Ich helfe dir, wir stehen das durch.‹ Er hat immer wieder gesagt: ›Ich weiß nicht, womit ich eine so gute Frau verdient hab.‹ Dabei war ich ja schuld an allem. Ich hätte nie geglaubt, dass Martin Kornmeyer wieder auftauchen würde. Der war weg, seit der fünfzehn war. Aber ich habe nie vergessen, was damals passiert ist.«

»Dass die Jungs das Haus von Falk Richertz angesteckt haben.«

»Quatsch, das habe ich mir doch nur ausgedacht. Das habe ich nur geschrieben, weil … Börge, Frank und Karl haben mich ... Das war im Sommer darauf, als ich vierzehn war ... Also, die haben mir aufgelauert und ... mich angefasst und so. Mehrmals. Am Schluss hat Konrad dem ein Ende gemacht, der war ja bis dahin mit denen befreundet. Ich glaube, deshalb war ich auch so lange mit ihm zusammen, weil ich ihm dankbar war für damals. Aber das ist echt keine Grundlage für eine gute Beziehung.«

»Aber was war mit Martin Kornmeyer?«

»Den habe ich genommen, weil er nicht mehr da war. Das passte doch alles. Ich wollte ja nur, dass Raimund weiß, wer seine Schwester auf dem Gewissen hat. Dass er einen Namen hat, eine Person. Es hat ihn kaputtgemacht über die Jahre, dass er nicht wusste, wer an Susannes Tod schuld ist. Ich wollte ihm einen Schuldigen liefern. Einen, den es tatsächlich mal gegeben hatte, an dem er sich aber nicht mehr rächen konnte. Und wenn er nebenbei Hartmann und Frey ein bisschen härter anpackte als normal, hatte ich auch nichts dagegen. Ich wollte doch im Leben nicht, dass Raimund irgendwen umbringt.«

Çoban nickte. »Hat Raimund die Leiche von Kornmeyer allein geschleppt, Silke?«

»Ich habe ihm geholfen, sie zu vergraben. Ein so großes Loch ist ganz schöne Arbeit. Wir haben hinterher sogar dieses schwere Ding in die Grube gehievt, so eine Walze, mit der haben wir das alles wieder ganz plan gemacht. Das hätte er allein gar nicht geschafft. Zwei Tage später fuhr der Betonmischer durch den Ort, und wir sind gleich hin. Wir konnten unser Glück kaum fassen.«

»Aber ein paar Wochen später ist auf einmal der Bagger angerückt und hat das Fundament wieder aufgerissen.«

»Raimund und ich haben am Rand der Baugrube gestanden und uns an der Hand gehalten, und ich hab gedacht: Das kann doch alles gar nicht wahr sein. So ein Pech kann man in echt doch nicht haben. Ich weiß noch, als der Arm der Leiche aus dem Loch ragte, hab ich aufgeschrien, ich konnte nicht anders. Ich konnte wirklich nicht ahnen, was das alles nach sich ziehen würde.«

Er schwieg.

»So, jetzt wissen Sie alles, Taifun. Sie können gerne versuchen, mich wegen Beihilfe dranzukriegen. Aber ich sage Ihnen jetzt und hier: Nichts davon werde ich zu Protokoll geben. Ich werde alles abstreiten. Ich glaube, ich habe genug gelitten. Mein Mann ist das letzte Todesopfer von Falk Richertz. So sehe ich das. Der war der eigentliche Verbrecher. Der Einäugige. Und um Frey vergieße ich auch keine Träne. Seit wir nach Harmsbüttel gezogen waren, hatte ich überlegt, wie ich mich für damals rächen kann. Stellen Sie sich mal vor, wie das ist, mit Leuten, die Ihnen so was angetan haben, in einem Dorf zu wohnen. Von denen der eine auch noch der Pastor ist und weiß Gott was von der Kanzel predigt. Das kann man nur ertragen, wenn man das Gefühl hat, man kann sich irgendwann rächen. Und zur Polizei gehen konnte ich schlecht, zumal Vergewaltigung ja nach zwanzig Jahren verjährt.«

»Moment, das stimmt so nicht. Die Verjährungsfrist für Sexualdelikte ist zwanzig Jahre nach Vollendung des dreißigsten Lebensjahrs des Opfers.«

»Oh, das … Trotzdem: Ich hätte Raimund nie erzählen können, was damals geschehen ist. Was, wenn er mich … Nein, keine Chance.«

»Vielleicht geht es Ihnen besser, wenn Sie sich selbst anzeigen?«

»Das meinen Sie doch wohl nicht ernst, oder? Raimund ist tot. Das macht ihn auch nicht wieder lebendig. Ich würde vorschlagen, Sie gehen zurück in Ihr Krankenbett und vergessen die ganze Sache. Sie sehen eh ganz blass aus. Ach, und, Taifun?«

»Ja?«

»Tut mir leid, dass ich Ihnen … Also wegen der Verletzungen. Ich bin irgendwie ausgerastet.«

»Das kann man wohl sagen.«

Später

»Sie sehen heute aber gar nicht gut aus, Herr Çoban. Ist was passiert?«

»Meinem Vater geht es nicht so besonders. Er ist seit letzter Woche wieder in der Klinik.«

»Das tut mir aufrichtig leid.«

»Irgendwann musste es ja so kommen. Er ist Ende siebzig.«

»Möchten Sie darüber reden?«

»Nein.«

»Wäre aber die letzte Gelegenheit. Heute ist unser letztes Mal.«

»Stimmt«, sagt Çoban. »Ein bisschen schade ist es ja schon.«

»Freut mich, dass Sie das so sehen. Es war also keine reine Zeitverschwendung?«

»Natürlich nicht. Sie machen Ihren Job, ich meinen, und Vorschrift ist Vorschrift. Und es hat mir schon ganz gutgetan, über alles zu reden.«

»Sie wollten mir noch erzählen, wie das war, als sich der Kollege erschossen hat.«

»Ach Gott, ja.«

»Es muss nicht sein, nur wenn Sie möchten.«

»Hmm.«

»Haben Sie so etwas schon mal erlebt?«

»Dass sich jemand vor meinen Augen umbringt? Ja, dreimal. Also, Wernersen war der Vierte.«

»Können Sie sich noch an die ersten drei Male erinnern? Ist das lange her?«

»Der Erste war vor elf, zwölf Jahren, noch bei der Kripo, der ist von einem der Hochhäuser am Germaniahafen gesprungen. Ich war mit einer Kollegin oben, wir sollten ihn ›zur Räson bringen‹, so hat mein Chef das genannt, und ich dachte, ich habe ihn so weit. Ein junger Typ, der war ganz gefasst, gar nicht panisch oder so. Hat gesagt, sein Freund hat ihn verlassen. Ich konnte schon fast seine Hand greifen, und dann ist er doch gesprungen.«

Dr. Lieberg nickt und notiert sich etwas.

»Der Zweite ist auch gesprungen, ich weiß gar nicht mehr, wo genau das war. Auch hier in Kiel. Der war total außer sich, nachher hat sich rausgestellt, dass der bis zur Oberkante voll war mit Drogen.«

»Und Nummer drei?«

»Nummer drei hat sich erschossen, den wollten wir festnehmen, ein Typ aus dem Drogenmilieu. Aber der hat es nicht so gut hinbekommen wie Raimund, er hat sich seitlich in den Kopf geschossen, der ist erst am nächsten Tag in der Klinik gestorben. Ich habe bei ihm am Bett gesessen.«

»Ach?« Dr. Lieberg sieht ihn erstaunt an.

»Wir dachten, er kommt vielleicht durch, wir wollten den Namen von einem, den er … Ach, ist ja jetzt nicht so wichtig. Trotzdem, der hat mir ziemlich leidgetan.«

»Inwiefern?«

»Der war Türke wie ich und auch mein Alter. Als ich neben dem Krankenbett saß, habe ich gedacht: Wo und wann werden die Weichen gestellt, dass einer von uns bei der Kripo landet und der andere Stoff vertickt? Ist das alles Zufall, ist er irgendwann an den Falschen geraten, der ihn auf diese

Reise mitgenommen hat? Wie war das Verhältnis zu seinem Vater?«

»*Ihr Vater hat dann ja offenbar einiges richtig gemacht.*«

Çoban macht eine unwirsche Handbewegung. »*Ach was, der ist auch nicht perfekt. Die meiste Zeit nervt er. Aber eins stimmt: Ich hätte ihn nie enttäuscht, indem ich kriminell geworden wäre. Er ist aus Anatolien hergekommen, hat alles aufgegeben, um für seine Familie ein besseres Leben auf die Beine zu stellen. Er hatte seinen Laden, darauf war er sehr stolz. Das hätte ich ihm nie kaputtgemacht.*«

»*War das auch einer der Gründe, warum Sie damals mit dem Alkohol aufgehört haben? Dass Sie Ihren Vater nicht enttäuschen wollten?*«

Çoban schweigt.

»*Ist okay, Sie müssen nichts sagen. Darf ich noch einmal nach Ihrer Mutter fragen? Sie hatten mir ja nicht erzählen wollen, woran sie gestorben ist. Das respektiere ich natürlich. Aber vielleicht verraten Sie mir, wie alt Sie waren?*«

Çoban schließt die Augen und massiert sich mit den Fingerspitzen die Schläfen. »*Vierzehn. Sie hatte Brustkrebs. Aber das war ... Ich meine, das war es nicht, was sie umgebracht hat. Ich weiß, das klingt bescheuert.*«

»*Wie meinen Sie das?*«

Çoban atmet tief ein und aus. »*Schön. Erinnern Sie sich an den Januar 93? Emine Güneş?*«

»*Bitte?*«

»*Sagt Ihnen nichts, oder?*«

»*Nein, tut mir leid. Nicht auf Anhieb.*«

»*Das war die Schwester meiner Mutter. Meine Tante und*

mein Onkel sind ein paar Jahre vor meinen Eltern aus der Türkei nach Deutschland gekommen. Sie war erst eine Weile allein hier, dann sind ihr Mann und ihre Söhne nachgekommen. Er hat eine Stelle in einer Textilfabrik gefunden. In Bargteheide.«

»*Mein Gott. Bargteheide 93. Dann ist ...*«

»*Tante Emine ist ermordet worden. Neonazis haben das Haus in Bargteheide in Brand gesteckt, in dem sie wohnten.*«

»*Und Ihre Mutter ...?*«

»*Sie hat das nie verwunden. Und hat ständig mit meinem Vater gestritten. Der meinte, die Deutschen sind nicht alle so. Und sie hat gesagt: ›Du willst nur Geschäfte mit denen machen. In deinen Laden kommen ja nur Deutsche. Und die verachten uns.‹ Von da an hat sie immer ›dein Laden‹ gesagt. Bis dahin war es der Laden unserer Familie.*«

»*Ich verstehe. Wie ging es Ihnen denn dabei?*«

»*Ich hatte mich ja gerade mit allem arrangiert, in der Realschule hat endlich niemand mehr ›Kanake‹ zu mir gesagt. Aber ich musste da immer öfter an früher denken, in der Grundschule. Die Kinder im Dorf, bei denen ich nicht mitspielen durfte. Meiner Mutter ging es immer schlechter, sie wurde ganz dünn. Hat ständig geraucht, viel mehr geraucht als gegessen. Und wurde auf einmal ganz religiös. Ist jede Woche zum Freitagsgebet nach Lübeck in die Moschee. Und dann kam der Krebs. Und sie hat sich geweigert, Chemo zu machen.*«

Dr. Lieberg nickt und schreibt wieder etwas auf ihren Block.

Çoban schließt die Augen, atmet ein und aus. »*Es ging dann ganz schnell. Ein halbes Jahr später war sie tot. Und schuld an allem waren die Nazis.*«

»*Dann kann ich jetzt einiges besser nachvollziehen.*«

»Das freut mich für Sie. – Tut mir leid, ich wollte nicht gehässig klingen.«

»Kein Problem. Sind Sie eigentlich religiös, Herr Çoban?«

»Nein.«

»Weil Gott so etwas nicht zulassen dürfte? Das mit Ihrer Tante und Ihrer Mutter?«

»Ich sag mal so: Wenn Gott irgendwann stirbt, dann kommt er in die Hölle. Aber vielleicht ist er dort ja längst. Denken Sie nur mal an Susanne Hansen. Würde Gott so etwas zulassen? Das ganze Konstrukt Glauben und Religion ist für mich dermaßen surreal … Mir ist vollkommen schleierhaft, wie man allen Ernstes glauben kann, dass es da irgendwo eine mysteriöse Macht gibt, die die Welt lenkt.«

»Ein religiöser Mensch würde jetzt einwenden: ›Mir ist schleierhaft, wie man glauben kann, dass es so eine Macht nicht gibt.‹«

»Tja.«

»Kommen wir doch vielleicht jetzt endlich zu dem Thema, weshalb Sie eigentlich hier sind, Herr Çoban.«

»Wernersens Suizid.« Çoban nimmt den Becher und trinkt einen Schluck Kaffee. *»Ich weiß, ich bin nicht schuld daran. Es war seine Entscheidung. Er ist mit seiner Schuld nicht fertiggeworden. Das weiß ich ja alles. Aber trotzdem.«*

»Trotzdem – was?«

»Trotzdem kommen mir immer wieder diese Gedanken. Was, wenn ich schneller vor Ort gewesen wäre? Was, wenn ich nicht zu ihm runtergerufen, wenn ich mich mehr angeschlichen hätte? Vielleicht hätte ich ihm die Waffe noch wegreißen können. Oder ihm in den Arm schießen.«

Dr. Lieberg nickt und macht sich eine letzte Notiz. Dann legt sie den Block hin, nimmt die Brille ab und sieht Çoban in die Augen. »Das ist jetzt vielleicht nicht ganz orthodox, aber überlegen Sie mal: Was wäre passiert, wenn Sie Wernersen davon abgehalten hätten, sich das Leben zu nehmen?«

»Dann ... also ...«

»Er wäre wegen mehrfachen Mordes verurteilt worden. Lebenslange Haft. Fünfzehn Jahre im Gefängnis, tagtäglich mit seiner Schuld konfrontiert. So gesehen haben Sie ihm sicherlich viel Leid erspart.«

Çoban sieht sie skeptisch an. »Na, ich weiß ja nicht. Und nach dem, was ich inzwischen weiß, von seiner Frau ...«

»Was wissen Sie inzwischen?«

»Ach, ist nicht so wichtig. Im Grunde war Raimund Wernersen kein schlechter Mensch.«

»Dieses Verhalten kenne ich sehr gut, Herr Çoban. Also nicht Wernersens, sondern Ihres. Wenn wir uns am Tod eines Menschen schuldig oder mitschuldig fühlen, neigen wir dazu, diese Person zu idealisieren.«

»Aha.«

»Haben Sie denn eigentlich Ihre« – sie macht Gänsefüßchen in die Luft – *»›Hausaufgaben‹ gemacht?«*

»Habe ich.« Çoban *greift nach seiner Umhängetasche und holt eine Klarsichthülle hervor. Darin befindet sich ein zusammengehefteter Stapel Papier.*

»Wow, da waren Sie ja richtig fleißig. Was sind das, zwanzig Seiten?«

»Fünfzehn.«

»»Wenn du bei uns mitmachen willst, musst du was dafür tun.‹ Kralle schaute den Neuen finster an. ›Was denn?‹ Der Neue starrte zurück, Kralle direkt in die Augen.« *Dr. Lieberg nickt anerkennend.* »*Das liest sich ja wie eine Kurzgeschichte. Und haben Sie das schon Ihrem ehemaligen Mentor gezeigt, Herrn …?*«

»*Kaan? Nein.*«

»*Sollten Sie mal machen.*«

»*Ich überleg's mir.*«

»*Wollen wir uns vielleicht demnächst mal auf einen Kaffee treffen? Sonst können wir ja hierüber gar nicht reden.*« *Sie deutet auf den Papierstapel.*

»*Kaffee? Ich … also …*«

»*Sie können es sich ja überlegen. Meine Nummer haben Sie.*«

»*Hab ich.*«

Dr. Lieberg schaut auf die Uhr. »*Ein bisschen Zeit haben wir noch.*«

»*Hm. Halma?*«

»*Wenn Sie mögen?*«

»*Immerhin schulden Sie mir noch eine Revanche.*«

– Ende –

Danksagung

Ich danke Sabine Langohr von der Literaturagentur Keil & Keil, die von Anfang an an Çoban geglaubt hat, Katrin Fieber vom Ullstein Verlag für ihren tatkräftigen Einsatz, Feridun Zaimoglu für seinen Zuspruch, Volker Jarck für seine hervorragende Arbeit am Text, Zeynep Sel für ihre sprachliche Expertise sowie Nefeli Kavouras, Anselm Neft und Andreas Moster für viel Input und gute Diskussionen.